暢銷修訂版

單字音律
記 憶 術

曾利娟 著
Melody

晨星出版

　　《單字音律記憶術》這本書經歷十多年醞釀及教學實驗，已證實可讓學子輕鬆記住千字。感謝彌賽亞美語學苑的老師們十多年來運用此教學法，證實其驚人的教學成效！

　　近來我在美國時間較多，發現很多在美華人單字發音不清楚，以至於對方聽不懂，或背單字只能拼出個大概，所以缺乏自信與學習動力，因而放棄英文，這樣的情形不管在台灣或美國世界各地比比皆是，實在可惜！

　　這本書的背單字方法完全有別與傳統死背，能解決以上的問題，以音律節奏、押韻結合故事圖像……等，幫助你牢記單字，且發出正確漂亮的美式英文，而且學會整個英文拼字技巧，不但能背書裡的千字，最妙的是將來遇見新的生字還能舉一反三呢！

　　這樣的教學課程原本不便宜，現在只要你願意依書中順序配合 MP3 音檔加上圖像，可以將單字一串串記住。不但如此，這樣輕鬆有趣的音律單字字串技巧，將成為你學英文的一大利器哦！

　　親愛的朋友要把握機會與時光，願上帝祝福您！

　　旅居美國 7 ～ 8 年，接觸過從世界各國到美國的留學生及移居美國的朋友，發現並不是花很多錢、很聰明或是很有學問，就能說一口外國人聽得懂的英文。需要發音正確、具備充足的單字量，才能說出外國人聽得懂的「英文」去融入美國社會，否則很多留美碩士、博士，在美國的社交生活仍只侷限在華人圈裡，實在很可惜！

　　我從事英文教學 30 年，前 8 年以自認很會教 KK 音標為榮。2001 年與美籍外師 Paul Barger 在台中創辦彌賽亞美語學苑，才恍然大悟：我們傳統的教學法都是死背單字，這會讓學生失去對英文的興趣。雖然我擁有 2 個美國碩士學位、中學英文教師證、大學英文講師證，也曾指導英文教學碩士班的研究生（北維吉尼亞大學 TESOL），但多年以來，仍然願意投入中小學英文教學，因為見證到正確、有趣的教學法，可以讓孩子自信地學英文，中小學學生的英文可比大學生好太多了！

這本書所介紹的學習法，22 年來透過彌賽亞美語學苑 ESL 課程，讓好多幸運的孩子正確、有趣地背單字，奠定堅實而良好的英文基礎，一輩子受益無窮。我的女兒 Sueann（林思恩）15 歲前往美國讀書，目前在美國的中小學科學及閱讀學習網站 RocketLit / InnerOrbit 擔任客戶業務經理，客戶是全美各學區及學校老師。信望愛眼科名醫郭醫師的女兒郭品君，台大政治系國際關係組畢業後，取得英國倫敦國際政治學碩士學位，目前任職於法務部調查局。尚展律師事務所廖律師的三位兒女，Roger 在澳洲工作、Kelly 擔任國外業務專員負責美國業務、Rose 東海大學外文系畢業，目前從事英文教學工作。

受益於《單字音律記憶術》學習法的學生真的不勝枚舉，希望這本書也能帶給您滿滿的祝福！

1

手機收聽

1. 有音檔的頁面，偶數頁（例如第 16 頁）下方附有 MP3 QR Code ◄--
2. 用 APP 掃描就可立即收聽該跨頁（第 16 頁和第 17 頁）的真人朗讀，掃描第 18 頁的 QR 則可收聽第 18 頁和第 19 頁……

016 .... **017**

2

電腦收聽、下載

1. 手動輸入網址＋偶數頁頁碼即可收聽該跨頁音檔，按右鍵則可另存新檔下載

   https://video.morningstar.com.tw/0170042/audio/**016**.mp3

2. 如想收聽、下載不同跨頁的音檔，請修改網址後面的偶數頁頁碼即可，例如：

   https://video.morningstar.com.tw/0170042/audio/**018**.mp3

   https://video.morningstar.com.tw/0170042/audio/**020**.mp3

   依此類推……

3. 建議使用瀏覽器：Google Chrome、Firefox

3

全書音檔大補帖下載（請使用電腦操作）

1. 尋找密碼：請翻到本書第 21 頁，找出要繳稅金的稅單是被什麼滴到？（請填英文單字）
2. 進入網站：https://reurl.cc/Ny5QZ5（輸入時請注意英文大小寫）
3. 填寫表單：依照指示填寫基本資料與下載密碼。E-mail 請務必正確填寫，萬一連結失效才能寄發資料給您！
4. 一鍵下載：送出表單後點選連結網址，即可下載。

CONTENTS 目次

O

ch / sh / gh / th

oo

ce

age / anger

oi / oy 的雙母音

ou / ow 的雙母音

al / au / aw

短母音

- ▶ A
- ▶ E
- ▶ I
- ▶ O
- ▶ U

唱 rap 說英文 ▶	bad	dad	mad	sad	glad
-ad [æd]	壞的 adj.	爸爸 n.	生氣的 adj.	難過的 adj.	高興的 adj.

故事聯想

壞 兒子常惹**爸爸生氣**，他離家以後，
bad　　　　　dad mad

爸爸沒有**難過**，反而很**高興**。
dad　　　　sad　　　　glad

bad [bæd]	adj. 不好的、壞的、糟的 I have a bad toothache. 我牙痛得很嚴重。
dad [dæd]	n. 【口語】爸爸 My dad and I went fishing last Sunday. 上個禮拜天我跟我爸爸去釣魚。
mad [mæd]	adj. 狂怒的、瘋狂的 John gets mad easily. 約翰很容易就生氣。
sad [sæd]	adj. 悲哀的、顯得難過的 Sad movies always make me cry. 我看悲傷的電影總是會哭。
glad [glæd]	adj. 高興的 I am very glad to hear the good news. 我非常高興聽到這個好消息。

M
P
3

唱 rap 說英文 ▶ **-aft** [æft]	**craft** 手工藝 n.	**draft** 草圖 n.	**raft** 木筏 n.

故事聯想

上**工藝課**時，我照 **草圖**
   craft   draft

做一艘**木筏**。
    raft

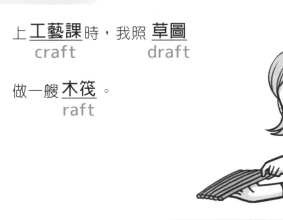

craft
[kræft]

n. 手工藝、工藝
The people from the tribes display their arts and crafts in the museum.
來自各部落的居民在博物館裡展示他們的藝術品及手工藝。

draft
[dræft]

n. 草稿、草圖
You should write a draft before you do the story.
在你寫故事之前應該要先打草稿。

raft
[ræft]

n. 木筏
People in the village cross the river by raft.
在村落的居民靠木筏過河。

唱 rap 說英文 ▶	**bag**	**tag**	**rag**	**flag**	**nag**
-ag [æg]	包包 n.	標籤 n.	破布 n.	旗子 n.	嘮叨 v.

故事聯想

我背著 **包包**，
　　　　bag

上頭的 **標籤** 是用 **破布** 做成的 **旗子**，
　　　　tag　　　　rag　　　　　　flag

媽媽對此一直 **嘮叨** 個不停。
　　　　　　　nag

bag [bæg]	**n.** 袋；手提包 I need to buy a new bag. 我需要去買一個新的手提包。
tag [tæg]	**n.** 標籤、垂懸物 Her name tag is in the form of a flag. 她名字的吊牌是旗子的形狀。
rag [ræg]	**n.** 破布、破爛東西 Let's throw the rag away. 我們把這塊破布丟掉吧。
flag [flæg]	**n.** 旗、旗幟 The American flag has 50 stars and red and white stripes. 美國國旗有 50 顆星星及紅、白條紋。
nag [næg]	**v.** 嘮嘮叨叨地責罵　　　🗣 nag / nagged / nagged My mother nags all the time. 我媽媽總是嘮叨個不停。

MP3

唱 rap 說英文 ▶	map	cap	tap	lap	clap	trap	nap
-ap [æp]	地圖 n.	帽子 n.	輕拍 v.	大腿 n.	拍手 v.	陷阱 n.	小睡片刻 n.

故事聯想

在**地圖**前面戴**帽子**的人，
　　map　　　　　cap

一會兒**輕拍**他的**大腿**，一會兒**拍手**，
　　　　tap　　　　lap　　　　　clap

不小心掉到**陷阱**裡就在裡頭**小睡片刻**。
　　　　　　trap　　　　　　　nap

map [mæp]	**n.** 地圖 You should keep a map on hand when you're traveling. 你在旅行時應該要隨身帶著地圖。
cap [kæp]	**n.** （沒有帽沿的）帽子、蓋子 The girl likes to wear a baseball cap. 那個女孩喜歡戴棒球帽。
tap [tæp]	**v.** 輕拍　　　　　　　　　　　🔊 tap / tapped / tapped The mother is tapping her daughter on the shoulder to wake her up. 那個媽媽輕拍她女兒的肩膀喚她起來。
lap [læp]	**n.** 大腿 Young kids like to sit on their grandparents' lap. 小朋友喜歡坐在他們祖父母的大腿上。

| clap
[klæp] | v. 拍手、拍手喝采
Let's clap to cheer her up.
讓我們為她拍手鼓掌。 | clap / clapped / clapped |

| trap
[træp] | n. 陷阱、圈套
Don't go in there. It is a trap.
不要進去，那是個陷阱。 |

| nap
[næp] | n. 小睡、瞌睡
It's refreshing to take a nap after lunch.
在午飯後小睡一下，會讓人精神一振。 |

唱 rap 說英文 ▶

-ask
[æsk]

ask	mask	flask
問	面具	熱水瓶
v.	n.	n.

故事聯想

好想 **問** 那個人，為什麼總是
　　ask

戴著 **面具** 、拿著**熱水瓶**。
　　mask　　　　flask

| ask
[æsk] | v. 問、打聽、要求
Tom asks his teacher for advice.
湯姆請他的老師給他建言。 | ask / asked / asked |

| mask
[mæsk] | n. 面具；面膜（化妝品）
He wears a mask for the party.
他戴著面具去參加舞會。 |

| flask
[flæsk] | n. （隨身攜帶的）酒瓶、熱水瓶
Her husband is a drunkard who always carries a flask.
他的丈夫是個總是帶著酒瓶的酒鬼。 |

MP3

唱 rap 說英文 ▶	**fax**	**tax**	**wax**
-ax [æks]	傳真 v.	稅金 n.	蠟 n.

故事聯想

傳真 給我要繳 **稅金** 的稅單，
　fax　　　　　　tax

不小心滴到了 **蠟** 。
　　　　　　　wax

fax
[fæks]

v. 傳真
I'll fax the files to you as soon as possible.
我會盡快傳真檔案過去給你。

tax
[tæks]

n. 稅、稅金
Taxes are getting higher and higher, so many people can't afford to have a car.
稅金越來越高，所以很多人買不起車子。

wax
[wæks]

n. 蠟
The wax is melting in the sun.
蠟正在太陽底下融化。

v. 打蠟　　　　　　　　　　🔊 wax / waxed / waxed
The floor has just been waxed.
地板才剛剛打過蠟。

唱 rap 說英文 ▶	man	plan	fan	can	pan	tan	van
-an [æn]	男人 n.	計畫 v.	扇子 n.	罐頭 n.	平底鍋 n.	黃褐色（的） adj.	箱型車 n.

故事聯想

男人 **計畫** 帶著 **扇子** 、 **罐頭** 和 **平底鍋** ，
man plan 　　 fan 　 can 　　 pan

開著 **黃褐色的** **箱型車** 去流浪。
　　 tan 　　 van

man [mæn]	**n.** （成年）男子、男人 I saw a man passing by. 我看到有個男人經過。
plan [plæn]	**v.** 訂定計畫　　　　　　　🔊 plan / planned / planned I'll plan the schedule by myself. 我會自己計畫這個行程。
	n. 方法、計畫 I think it is a good plan. 我認為這是一個很好的計畫。

MP3

fan
[fæn]

n. 扇子；迷（球迷、影迷、歌迷）
These basketball fans cooled themselves with fans.
這些籃球迷用扇子來讓自己涼快一些。

can
[kæn]

n. 罐頭、金屬容器
v. 裝罐
aux. 能夠、可以

🔊 can / canned / canned

Can you can this can into the other can?
你可以將這個罐頭裝罐進去另一個罐頭嗎？

pan
[pæn]

n. 平底鍋
Sometimes, I use a pan to fry eggs.
有時候我會用平底鍋煎蛋。

tan
[tæn]

v. 曬成古銅色

🔊 tan / tanned / tanned

I tan very fast.
我一曬就黑。

adj. 棕褐色的
After summer, he got a dark tan.
一個暑假過後，他曬成深褐色了。

van
[væn]

n. 箱型車
Vans can carry more passengers than cars.
箱型車可以比一般車子搭載更多乘客。

Tip 1 | fan 是什麼？

❶ fan n. 扇子、球迷、影迷；想像以前的時代沒有冷氣，歌迷們為他們崇拜的歌星、明星搧扇子解熱。

❷ electric fan 就是指電風扇。

Tip 2 | 白皙的皮膚和古銅的膚色

東方人大多認為女孩子皮膚白皙為美的條件之一，而西方人則認為古銅色（tan）才是吸引人的健康膚色，若皮膚過白就西方人而言反而會令人覺得不健康，可能是沒錢或沒時間去度假曬太陽，所以 get a suntan（曬黑）是大多西方人所渴望的。

唱 rap 說英文 ▶ **-and** [ænd]	band	sandal	hand	brand
	樂團 n.	涼鞋 n.	手 n.	名牌 n.
	handbag	st**and**	s**and**	l**and**
	手提包 n.	站著 v.	沙子 n.	土地 n.

故事聯想

這個 **樂團** 的樂手，穿著 **涼鞋** ，
　　band　　　　　　　sandal

手 提著 **名牌** 的 **手提包** ，
hand　　brand　　handbag

站 在有 **沙子** 的 **土地** 上表演。
stand　　sand　　land

band [bænd]	n. (一) 夥、(一) 幫、(一) 群 They were attacked by a band of robbers. 他們遭到了一幫強盜的襲擊。
	n. 樂隊、樂團 Mayday is one of the most famous bands in Taiwan. 五月天是台灣有名的樂團之一。
sandal ['sændl]	n. 涼鞋 Many people like wearing sandals in the summer. 許多人喜歡在夏天穿涼鞋。

MP3

hand
[hænd]

(v.) 面交、給、傳遞　　　　　　　　(變) hand / handed / handed
She handed me a glass of beer.
她遞給我一杯啤酒。

(n.) 手
The scarf is made by hand, not by machine.
那個圍巾是手工做的，不是機器做的。

brand
[brænd]

(n.) 商標；名牌
This is a new brand.
這是一個新的品牌。

handbag
[`hænd , bæg]

(n.) 手提包
The old lady carries a brand handbag.
那個年老的女士拿著一個名牌包。

stand
[stænd]

(v.) 站、起立；忍受　　　　　　　(變) stand / stood / stood
Stand up, please.
請起立。
I just can't stand the cold.
我受不了那麼冷。

sand
[sænd]

(n.) 沙、沙子
If you don't want to get sand into your shoes at the beach, just take them off.
在海邊如果你不想沙子進入你的鞋子裡，就脫鞋吧！

land
[lænd]

(n.) 土地、陸地
My landlord owns a lot of land.
我的房東有很多土地。

(v.) 登陸、降落　　　　　　　　(變) land / landed / landed
The pilot is going to land the airplane on the runway.
飛行員即將把飛機降落到跑道上。

Tip 3　sand 和 sandals

sand (n.) 沙子：玩 sand 到海邊最方便，去海邊不穿 shoes（包住腳的鞋叫 shoes），玩沙（sand）穿 sandals（涼鞋）比 shoes 方便，而家居的地板拖鞋叫做 slippers。穿鞋多是穿兩隻，所以必須加 "s"。

唱 rap 說英文 ▶	rank	tank	sank	drank	bank	blank
-ank [æŋk]	階級 n.	坦克車 n.	下沉 v.	喝 v.	銀行 n.	空白的 / 空格 adj. / n.

故事聯想

一位高 **階級** 的軍官用**坦克車**
　　　rank　　　　　　tank

把敵人的艦隊打 **沉** 到海底，
　　　　　　　sank

喝 杯飲料後，就到 **銀行** 領獎金，
drank　　　　　　　bank

因為興奮到腦袋一片 **空白**，不知如何填寫文件上的 **空格**。
　　　　　　　　　blank　　　　　　　　　　　　blank

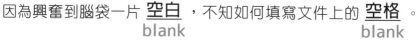

rank [ræŋk]	**n.** 階級 He has been promoted to the rank of general. 他曾經是將軍的階級。 **v.** 排名　　　　　　　　　🔄 rank / ranked / ranked The tennis player ranks first now. 那位網球選手現在是排名第一的。
tank [tæŋk]	**n.** 坦克、戰車 In general, military tanks are green. 通常軍用坦克都是綠色的。
sank [sæŋk]	**v.** 下沉、沉沒；sink 的過去式　　　🔄 sink / sank / sunk The boat sank in the ocean. 這條船沉到海裡。
drank [dræŋk]	**v.** 喝、飲用；drink 的過去式　　　🔄 drink / drank / drunk We drank lots of coffee yesterday. 我們昨天喝了很多咖啡。

MP3

bank
[bæŋk]

n. 銀行；堤防、堤岸
We withdraw money from the bank.
我們從銀行提錢的。

blank
[blæŋk]

adj. 空白的；空的
The paper is blank. I don't see anything on it.
這張紙是空白的，我沒有看到上面有什麼東西。

n. 空白、空白處
Fill in the blanks on the form, please.
請填在表格的空白處，謝謝。

唱 **rap** 說英文 ▶

-ant
[ænt]

chant	**ant**	**plant**
唱歌	螞蟻	植物
v.	n.	n.

故事聯想

一隻喜歡 **唱歌** 的 **螞蟻** 在 **植物** 上。
　　　chant　　ant　　plant

chant
[tʃænt]

v. 唱；吟誦　　　　　　　🔊 chant / chanted / chanted
She likes to chant in front of the audience.
她喜歡在觀眾前唱歌。

ant
[ænt]

n. 螞蟻
I saw many ants on the bread.
我看到很多螞蟻在麵包上。

plant
[plænt]

n. 植物
We grow some plants in the garden.
我們在花園裡種了一些植物。

v. 種植　　　　　　　🔊 plant / planted / planted
The Lins plant a lot of roses in their backyard.
林家在他們的後院種了很多玫瑰。

-am
[æm]

唱 rap 說英文 ▶	cram school	slam	jam	ham	dam	swam
	補習班 n.	用力關上 v.	果醬 n.	火腿 n.	水壩 n.	游泳 v.

故事聯想

一群 **補習班** 的學生，**用力關上** 門，
　　cram school　　　　　　slam

帶了 **果醬** 和 **火腿** 去 **水壩 游泳** 。
　　jam　　ham　　dam swam

cram school
[kræm skul]

n. 補習班
Children don't like to go to cram school.
小孩不喜歡上補習班。

slam
[slæm]

v. (使勁)關上(門、窗)　　🔊 slam / slammed / slammed
Dad was so angry that he slammed the door.
爸爸是如此的生氣以至於他關門時很用力。

jam
[dʒæm]

n. 果醬
Today's breakfast is bread with jam.
今天的早餐是麵包加果醬。

ham
[hæm]

n. 火腿、(豬的)腿(肉)
I'd like to order a ham and cheese sandwich, please.
我想要點一份火腿起司三明治，謝謝。

dam
[dæm]

n. 水壩、水閘
Our government has decided to build a dam.
我們的政府已經決定蓋一座水壩。

swam
[swæm]

v. 游泳；swim 的過去式　　🔊 swim / swam / swum
We swam all day.
我們整天都在游泳。

M
P
3

唱 rap 說英文 ▶
-amp
[æmp]

damp	**ramp**	**camp**	**lamp**	**stamp**
潮濕的	斜坡	露營	燈	郵票
adj.	n.	v.	n.	n.

故事聯想

他們竟在 **潮濕的 斜坡** 上 **露營**，
　　　 damp ramp 　camp

點著 **燈火**，住在貼滿 **郵票** 的帳篷。
　　 lamp 　　　　 stamp

damp
[dæmp]

adj. 有濕氣的、潮濕的
The coat is damp, you should hang it out.
這件外套很濕，你應該要把它掛起來。

ramp
[ræmp]

n. 斜面、斜坡、坡道；活動舷梯
The passengers moved up the ramp to board the airplane.
旅客們朝向活動舷梯登上飛機。

camp
[kæmp]

v. 紮營、宿營、露營　　🔊 camp / camped / camped
We will camp in the mountains tonight.
今晚我們將會在山上露營。

lamp
[læmp]

n. 燈、油燈、燈火
God's word is the lamp onto my feet and the light onto my path.
上帝的話是我們腳前的燈，路上的光。

stamp
[stæmp]

n. 郵票
Collecting stamps is one of my hobbies.
收集郵票是我的其中一項嗜好。

唱 rap 說英文 ▶	**Ted**	**wed**	**red**	**bed**	**fed**
-ed [ɛd]	泰德（男子名）	結婚	紅色的	床	餵
	n.	v.	adj.	n.	v.

故事聯想

泰德 結婚的當日，
Ted wed

他老婆在紅色的 床 上 餵 他吃東西。
red bed fed

Ted [tɛd]	n. 泰德；男子名

My uncle Ted will visit us next weekend.
我的叔叔泰德下星期將會來拜訪我們。

wed [wɛd]	v. 結婚　　　　　　　　　wed / wed,wedded / wed,wedded

Couples should work out their problems before they wed.
新人應該要在婚前解決他們的問題。　　　　　　　　marry

red [rɛd]	adj. 紅色的

The woman in red looks very familiar.
那位穿紅衣服的女士看起來非常面熟。

bed [bɛd]	n. 床、就寢

The double bed goes in the main bedroom.
雙人床放在主臥房。

fed [fɛd]	v. 餵；feed 的過去式　　　　　　　　feed / fed / fed

After Daniel fed the dog, he took it for a walk.
在丹尼爾餵了狗之後，就帶牠去散步。

MP3

唱 rap 說英文 ▶	test	west	nest	rest	best	vest
-est [ɛst]	測試 v.	西方 n.	巢 n.	休息 v. / n.	最好的 adj.	背心 n.

故事聯想

經過 **測試** 之後發現，
test

在 **西方** 築 **巢**
west　nest

休息 的鳥的羽毛
rest

可以做成 **最好的 背心** 。
best　vest

test [tɛst]	**v.** 測試　　　　　　　　　　　🔊 test / tested / tested We will be tested in English next week. 我們下星期要測驗英文。 **n.** 測驗 We had a history test last Wednesday. 我們上星期三有歷史測驗。
west [wɛst]	**n.** 西方 The sun sets in the west. 太陽從西方落下。
nest [nɛst]	**n.** 巢、巢穴 The nest in the next tree was made for the baby birds to rest. 另一棵樹上的鳥巢是為了讓雛鳥們棲息所築的。

31

rest
[rɛst]

n. 休息
Let's take a rest.
休息一下吧。

v. 休息、歇息　　　　　　　　　　　rest / rested / rested
She rested her head on her boyfriend's lap.
她把頭依偎在男友的大腿上休息。

best
[bɛst]

adj. 最好的、最優的

vest
[vɛst]

n. 背心
The vest has been tested to be the best.
這件背心檢驗出來的結果是最好的。

唱 rap 說英文 ▶

-ell
[ɛl]

tell	smell	spell	well
告訴	聞	魔力 / 拼（字）	水井 / 好的
v.	v.	n. / v.	n. / adv.
bell	**shell**	**yell**	**sell**
鐘	貝殼	大聲喊叫	賣，銷售
n.	n.	v.	v.

故事聯想

有人**告訴**我，**聞**起來很臭但有**魔力**的**水井**旁有個 **鐘** 。
　tell　　smell　　　　　　spell　　well　　　　bell

那**水井**裡有**貝殼**，只要**大聲喊叫** **拼** 出 **鐘** 這個字，
　well　　　shell　　　　　　yell　spell　bell

然後將**貝殼**撈出來賣，就可以 **賣** 得很 **好** 。
　shell　　　　　　　　sell　　well

tell
[tɛl]

v. 說、告訴　　　　　　　　　　　tell / told / told
He asked me not to tell his parents the secret.
他求我不要告訴他的雙親這個秘密。

M
P
3

smell
[smɛl]

v. 聞、嗅、聞起來

變 smell / smelled / smelt

Garlic smells strong.
大蒜的味道很重。

The air in the garden smells fragrant.
花園裡的空氣聞起來很香。

spell
[spɛl]

v. 拼字、拼

變 spell / spelled / spelt

I can spell well.
我很會拼字。

n. 咒語、魔力

The prince kissed Snow White to break the spell.
王子親吻了白雪公主解除了魔咒。

well
[wɛl]

n. 井、泉

They are digging an oil well.
他們正在挖油井。

adv. 好、令人滿意地

She speaks French well.
她法文說得很好。

bell
[bɛl]

n. 鐘、鐘狀物

The Christmas tree is decorated with little silver bells.
這棵聖誕樹用許多的銀色小鈴鐺來裝飾。

shell
[ʃɛl]

n. 貝殼

She likes to collect sea shells.
她喜歡收集海貝殼。

yell
[jɛl]

v. 大聲喊叫

變 yell / yelled / yelled

Don't yell at me. Please speak softly.
不要對我大呼小叫，請輕聲細語。

sell
[sɛl]

v. 賣、銷售

變 sell / sold / sold

We will sell cookies to help the poor.
我們將賣餅乾幫助窮人。

Tip 4　good 和 well

good 的副詞，不是 good 加 ly，字典上沒 goodly 這個字喔！well 為 good 的副詞，例如本頁 well 的例句中，就用 well（副詞）修飾前面的動詞 speak。

唱 rap 說英文 ▶

-en
[ɛn]

when	ten	men	hen	den	pen	then
當	十(的)	男人	母雞	洞窟	筆	那麼
conj.	adj.	n.	n.	n.	n.	adv.

故事聯想

當 我看見 **十** 個**男人** 和一隻**母雞**，
When　　ten　men　　　hen

在**洞窟**中，站在 **筆** 上面的話，**那麼** 我就相信你。
　den　　　　pen　　　　then

---

when
[hwɛn]

adv. (用作疑問副詞) 什麼時候、何時
When did you last see Margaret?
你上一次見到瑪格麗特是什麼時候？

conj. 當……時候
When you visit America, take some moon cakes to your friend.
當你去美國時，帶些月餅去給你的朋友。

ten
[tɛn]

adj. 十的
Human beings have ten fingers.
人類有十根手指頭。

men
[mɛn]

n. 男人；man 的複數　　　單 man 複 men
This is the men's department.
這是男士的部門（男裝部）。

hen
[hɛn]

n. 母雞
The hen laid four eggs.
這母雞下了四顆蛋。

den
[dɛn]

n. (野獸的) 洞穴、窩巢
The bear's den was in a cave.
這熊的窩是在一個洞穴裡。

MP3

| pen [pɛn] | n. 筆、鋼筆 The contract must be signed with a pen, not a pencil. 合約一定要用鋼筆簽不能用鉛筆簽。 |
| then [ðɛn] | adv. 然後、接著 They chatted for a while and then went to work. 他們聊了一會兒之後，就上班去了。 |

唱 rap 說英文 ▶ **-end** [ɛnd]	**send** 送 v.	**lend** 借 v.	**bend** 彎腰 v.	**spend** 花費 v.	**end** 結束 v.

故事聯想

有個朋友，**送** 錢來 **借** 我，我向他 **彎腰** 致謝：
　　　　　send　lend　　　　　　bend

後來因為我 **花** 掉所有的錢，我們的友誼就這麼 **結束** 了。
　　　　　　spend　　　　　　　　　　　　　　end

35

send
[sɛnd]

v. 送出、發出　　　　　　　　　　　　　　　變 send / sent / sent
He promised to lend me money and on the next day he had his secretary send it to me.
他答應要借我錢並且隔天就請他的祕書拿給我。

lend
[lɛnd]

v. 借給、貸給　　　　　　　　　　　　　　變 lend / lent / lent
Can you lend me your dictionary?
你可以借我字典嗎？

bend
[bɛnd]

v. 彎腰、俯身　　　　　　　　　　　　　　變 bend / bent / bent
I had a scooter accident, and now I can hardly bend my knee.
我騎車發生意外，所以我的膝蓋現在不太能彎。

spend
[spɛnd]

v. 花掉、支出　　　　　　　　　　　　　　變 spend / spent / spent
How much do you spend on clothes a month?
你一個月花多少錢在服裝上？
He spent a lot of time studying French before he went to France.
他去法國之前花了很多時間學法語。

end
[ɛnd]

n. 終止
You had to wait until the end of class before you could go to the bathroom.
你必須要等到這堂課結束才可以去上廁所。

v. 完結、結束　　　　　　　　　　　　　　變 end / ended / ended
The firework display ended the celebration of the Moon Festival.
中秋節的慶典在這場煙火秀中落幕。

MP3

唱 rap 說英文 ▶	**w**ig	**p**ig	**d**ig	**b**ig	**f**ig
-ig [ɪg]	假髮 n.	豬 n.	挖 v.	大的 adj.	無花果 n.

故事聯想

戴 **假髮** 的 **豬** **挖** 到了
wig　　pig dig

一顆很 **大的** **無花果**。
　　　big　　fig

wig [wɪg]

n. 假髮
I'm wearing a fun wig for tonight's costume party.
我戴著一頂奇怪的假髮去參加今晚的化妝舞會。

pig [pɪg]

n. 豬
There are four smelly pigs in the pen.
豬圈裡有四隻臭臭的豬。

dig [dɪg]

v. 挖掘、挖到　　　　　　　　　　　　　　dig / dug / dug
They are digging an oil well.
他們正在挖油井。

big [bɪg]

adj. 大的
My girlfriend has big feet.
我的女朋友有一雙大腳丫。

fig [fɪg]

n. 無花果
Figs are native to the Middle East.
無花果產於中東。

唱 rap 說英文 ▶	skip	ship	trip	slip	nip	lip	hip	zip	rip
-ip [ɪp]	跳 v.	船 n.	旅行 n.	滑 v.	咬 v.	嘴唇 n.	屁股 n.	拉鍊 n.	撕開 v.

故事聯想

跳 上 船 去 旅行 ， 滑 了一跤，
skip ship trip slip

咬 到 嘴唇 ，撞到 屁股 ，
nip lip hip

拉鍊 扯破 ，嗚……
zip rip

skip [skɪp]	v. 跳、跳越 She was skipping down the path. 她正沿著小路跳躍著。	變 skip / skipped / skipped
ship [ʃɪp]	n. 船、艦 We like to go down to the harbor to see the big ships come in. 我們喜歡去海港看大船進港。	
trip [trɪp]	n. 旅行、航行、行程 We took a trip to America last year. 我們去年去美國旅行。	
slip [slɪp]	v. 滑、滑倒 I nearly slipped on a banana peel. 我踩到香蕉皮，差點就滑倒了。	變 slip / slipped / slipped
nip [nɪp]	v. 咬住、咬 The crab nipped his toe. 螃蟹咬住了他的腳趾。	變 nip / nipped / nipped

MP3

lip
[lɪp]

n. 嘴唇
My lips are chapped by the wind and sun.
我的嘴唇因為風吹日曬而龜裂了。

hip
[hɪp]

n. 臀部、屁股
I fell and broke my hip.
我跌倒摔傷了屁股。

zip
[zɪp]

v. 拉拉鍊　　　　　　　　　　　　　　變 zip / zipped / zipped
Zip up your jacket.
拉上你的夾克。

n. 拉鍊（英式）= zipper（美式）
The zip is stuck.
拉鍊卡住了。

rip
[rɪp]

v. 撕開、撕裂　　　　　　　　　　　　變 rip / ripped / ripped
In anger, he ripped her coat.
生氣時，他扯破了她的外套。

唱 rap 說英文 ▶	sit	bit	fit	quit
-it [ɪt]	坐著	一點兒	適合	辭職
	v.	n.	v.	v.

故事聯想

這份工作需要一直 **坐著**，
　　　　　　　　　sit

一點兒 都不 **適合** 我，
bit　　　　　 fit

我決定 **辭職**。
　　　　quit

sit [sɪt]	**v.** 坐、坐好 Where can we sit? 我們可以坐在哪裡？	🔊 sit / sat / sat
bit [bɪt]	**n.** 少許、一點兒 I'll be back in a bit. 我一會兒就回來。	
fit [fɪt]	**v.** 適合 These shoes fit me well. 這些鞋子很適合我。	🔊 fit / fit,fitted / fit,fitted
quit [kwɪt]	**v.** 辭職、離開 You should quit smoking. It's bad for you. 你應該戒菸，這對你不好。	🔊 quit / quit,quitted / quit,quitted

唱 rap 說英文 ▶

-ink
[ɪŋk]

sink	pink	wink	drink	blink	ink
落下	粉紅色的	眨眼	喝飲料 / 飲料	眨眼	墨汁
v.	adj.	v.	v. / n.	v.	n.

故事聯想

日 **落** 時，一個穿著 **粉紅色** 衣服的女孩
sink　　　　　　pink

向我 **眨眼** 又請我 **喝飲料**：
wink　　　　drink

我也向她 **眨眼**，
blink

沒想到 **飲料** 竟然是 **墨汁**。
drink　　　ink

M
P
3

sink
[sɪŋk]

v. （日、月等）落下、西沉　　　　　sink / sank,sunk / sunk,sunken
The Titanic sank after it hit an iceberg.
鐵達尼號在撞到冰山之後就沉船了。

pink
[pɪŋk]

adj. 粉紅色的
I like your pink dress.
我喜歡你的粉紅色洋裝。

wink
[wɪŋk]

v. 眨眼（單眼眨）　　　　　wink / winked / winked
I think he likes me, he winked at me.
我認為他喜歡我，他對著我眨眼。

drink
[drɪŋk]

v. 喝飲料、喝酒　　　　　drink / drank / drunk
Would you like something to drink?
你想要喝點什麼嗎？

blink
[blɪŋk]

v. 眨眼睛（雙眼眨）　　　　　blink / blinked / blinked
He didn't blink an eye when I told him I was married.
當我告訴他我結婚了，他甚至連眼都不眨半下（他不感到驚訝）。
註：wink 指用一眼眨，調情或有所暗示時，會向對方 wink，而 blink 是眨雙眼。

ink
[ɪŋk]

n. 墨水、墨汁
Use this pen for red ink only.
這支鋼筆只能用紅墨水。
The printer ran out of ink.
印表機的墨水用光了。
You have to replace the ink.
你必須替換墨水。

唱 rap 說英文 ▶	list	fist	twist	wrist
-ist [ɪst]	名單 n.	拳頭 n.	扭傷 v.	手腕 n.

故事聯想

我把 **名單** 緊握在 **拳頭**，
list   fist

卻不小心 **扭傷** 了 **手腕** 。
twist   wrist

list [lɪst]	**n.** 名單 Let's make a name list of the whole class. 我們來做個班級名冊吧！
fist [fɪst]	**n.** 拳、拳頭 He raised his fist to hit me. 他舉起拳頭要揍我。
twist [twɪst]	**v.** 扭到、扭傷 🔊 twist / twisted / twisted I fell and twisted my ankle. 我摔倒並扭傷了腳踝。
wrist [rɪst]	**n.** 手腕 Once in a while, tennis players twist their wrists. 網球選手有時會扭傷手腕。

MP3

唱 rap 說英文 ▶ **-iss** [ɪs]	**miss**	**Miss**	**Swiss**	**kiss**
	想念／錯過	小姐	瑞士	吻
	v.	n.	n.	v.

故事聯想

想念 那個 瑞士 小姐，
miss　　　Swiss Miss

遺憾 錯過 她的 吻。
　　miss　　　kiss

miss
[mɪs]

v. 想念；錯過　　　🔊 miss / missed / missed
I missed the train so I got to the office late.
我錯過火車以至於上班遲到了。

Miss
[mɪs]

n. 小姐
After Miss Chen gets married to Mr. Lin, she will be called Mrs. Lin.
陳小姐嫁給林先生之後，就將被稱做林太太。

Swiss
[swɪs]

n. 瑞士人
He is Swiss and his wife is American.
他是瑞士人，而他的妻子是美國人。

kiss
[kɪs]

v. 吻、接吻　　　🔊 kiss / kissed / kissed
The mother kissed her children good night after she read them a story.
母親為孩子說完故事後，就吻他們道晚安。

n. 吻、接吻
The first lady blew the audience a kiss after the outcome of the election.
第一夫人在選舉結果出來之後向觀眾投以飛吻。

唱 rap 說英文 ▶	**fix**	**six**	**mix**
-ix [ɪks]	準備 v.	六個（的） adj.	混合 v.

故事聯想

她正在 **準備** 甜點，
　　　fix

先將 **六顆** 蛋 **混** 在一起。
　　six 　 mix

fix [fɪks]	**v.** 準備、打算；固定、穩定、修理　　　🔄 fix / fixed / fixed The hostess is going to fix us drinks. 女主人將要為我們準備飲料。 We should have the door fixed as soon as possible. 我們應該盡快找人修理門。
six [sɪks]	**adj.** 六個的
mix [mɪks]	**v.** 混、相混合　　　🔄 mix / mixed / mixed She first beat six eggs and then mixed them with sugar, flour and milk. 她先打了六個蛋，然後將蛋、糖、麵粉和牛奶混合在一起。

Tip 5　fix 的特別說明

❶ fix **v.** 修理：但是也可以當「固定」、「敲定」之意，例如：We are going to fix the date.（我們將會敲定日期。），可以用想像修理東西常得「敲定」東西。

❷ fix 表示修理時，等於 repair。

MP3

唱 rap 說英文 ▶

-ill

[ɪl]

Bill	**h**ill	**m**ill	**p**ill	**f**ill
比爾（男子名）	山丘	磨坊 / 磨	藥丸	塞進
n.	n.	n. / v.	n.	v.
till	**b**ill	**w**ill	**k**ill	
直到	帳單	將要	殺	
prep.	n.	v.	v.	

故事聯想

比爾 把我抓到一個 山丘 上的 磨坊，
Bill   hill   mill

要我 磨碎 藥丸 並 塞進 袋子裡，
    mill   pill   fill

直到 我付清 帳單，
till   bill

否則他 將 殺掉 我。
      will kill

Bill [bɪl]	n. 比爾；男子名 Bill always works very hard. 比爾總是認真工作。
hill [hɪl]	n. 山丘 The white house stands on a hill. 這間白色房子位於山丘上。
pill [pɪl]	n. 藥丸 She has a habit of taking sleeping pills. 她有服用安眠藥的習慣。

mill [mɪl]

n. 磨坊
This is a corn mill.
這是一家玉米磨坊。

v. 磨；碾碎　變 mill / milled / milled
They mill the grain into flour.
他們將穀物磨成麵粉。

fill [fɪl]

v. 塞滿、填滿　變 fill / filled / filled
Please fill in the blanks on the form.
請填寫表格空白處。

till [tɪl]

prep. 直到……為止
He did not go to bed till 12 o'clock.
直到十二點他才上床睡覺。

bill [bɪl]

n. 帳單、帳款
He insisted on paying the bill.
他堅持要付帳。

will [wɪl]

v. 將、將要　變 will / willed / willed
He will pay the cell phone bill for me.
他將會替我付手機帳單。

kill [kɪl]

v. 殺　變 kill / killed / killed
I killed a cockroach.
我殺了一隻蟑螂。

唱 rap 說英文 ▶ **-ilk** [ɪlk]	**silkworm** 蠶寶寶 n.	**silk** 絲 n.	**milk** 牛奶 n.

故事聯想

蠶寶寶 的 **絲**，白的像**牛奶**一樣。
silkworm　　silk　　　　milk

M
P
3

silkworm [sɪlk wɝm]	n. 蠶寶寶 Silkworms will become cocoons. 蠶寶寶會變成蛹。
silk [sɪlk]	n. 蠶絲、絲線 The scarf is made of silk. 這條絲巾用絲製成的。
milk [mɪlk]	n. 牛乳、奶 He eats bread and drinks milk for breakfast. 他早餐吃麵包喝牛奶。

唱 rap 說英文 ▶ **-ift** [ɪft]	thrift	drift	lift	swiftly	shift	gift
	節儉	漂浮	舉起來	迅速地	轉變	禮物
	n.	v.	v.	adv.	v.	n.

故事聯想

節儉 的老伯伯，
thrift

把河邊 **漂浮** 的木頭 **抬** 起來，
　　drift　　　lift

迅速地 搬回家，
swiftly

轉變 成 **禮物** 送給別人。
shift　　gift

thrift
[θrɪft]

n. 節儉
Our father taught us the importance of hard work and thrift.
我們的父親教導我們勤儉和認真工作的重要。

drift
[drɪft]

v. 漂流、漂浮
The raft drifted slowly away.
木筏慢慢地漂走了。

drift / drifted / drifted

lift
[lɪft]

v. 提、舉起來
Could you help me lift this box onto the counter please?
你能幫我把這個箱子抬到櫃檯上嗎？

lift / lifted / lifted

swiftly
[ˈswɪftlɪ]

adv. 迅速地、敏捷地
The birds are flying away swiftly.
鳥很快就飛走了。

shift
[ʃɪft]

v. 轉移、轉換
He shifted gears as soon as he started to go down hill.
一到下坡，他就馬上換檔了。

shift / shifted / shifted

gift
[gɪft]

n. 禮物
This is the best gift that I have ever received.
這是我收過最好的禮物了。

唱 rap 說英文 ▶	him	swim	slim
-im [ɪm]	他 n.	游泳 v.	苗條的 adj.

故事聯想

為了 **他** ，我努力 **游泳** 讓身材變 **苗條** 。
him　　　swim　　　slim

M
P
3

48

him
[hɪm]

n. 他
I don't like him. He's rude.
我不喜歡他，他很不禮貌。

swim
[swɪm]

v. 游泳
Let's go swimming before lunch.
我們午餐之前去游泳吧！

🔊 swim / swam / swum

slim
[slɪm]

adj. 纖細的、苗條的
Look slim and slender with our healthy eating plan!
配合我們健康的飲食計畫，你將會看起來苗條修長！

唱 rap 說英文 ▶ **-in** [ɪn]	**twin**	**grin**	**pin**	**chin**	**skin**	**sin**
	雙胞胎	露齒而笑	別住	下巴	皮膚	罪孽
	n.	v.	v.	n.	n.	n.

故事聯想

這對 **雙胞胎** **露齒而笑**，
　　　twin　　　grin

並用 **別針** **別住** **雙胞胎** **下巴** 的 **皮膚**，真是 **罪孽** 啊。
　　 pin　 pin　 twin　chin　 skin　　　　 sin

twin [twɪn]	n. 雙胞胎之一、雙胞胎 This is Tommy and Tammy. They're identical twins. 這是 Tommy 和 Tammy，他們是同卵雙胞胎。

grin [grɪn]	v. 露齒而笑、微笑　　　　　　　　　　　變 grin / grinned / grinned The children started to grin when they saw the monkey. 小朋友看到這猴子就笑開懷。

pin [pɪn]	v. 別住、釘住　　　　　　　　　　　　變 pin / pinned / pinned Mary pinned the scarf on her sister. 瑪莉幫妹妹 (姊姊) 別住圍巾。
	n. 別針 Use the pin to hold the blouse together. 用這個別針把上衣別住。

chin [tʃɪn]	n. 下巴 He punched that annoying guy on the chin. 他揍了那個惹人討厭的傢伙的下巴。

skin [skɪn]	n. 皮膚 Do you have any body lotion? My skin is quite dry. 你有乳液嗎？我的皮膚十分乾燥。

sin [sɪn]	n. (宗教上或道德上的) 罪、罪惡 The Bible says, " Do not sin. " 聖經說：「不可犯罪。」

唱 rap 說英文 ▶ -OX [ɑks]	fox 狐 n.	pox 水痘 n.	ox 牛 n.	box 箱子 n.

故事聯想

狐狸 把長 水痘 的 公牛 關在 箱子 裡。
fox　　　pox　　ox　　　box

M
P
3

fox [fɑks]	**n.** 狐 Be on your guard! He is a sly old fox. 提高警覺！他是一隻狡猾的老狐狸。
pox [pɑks]	**n.** 水痘；膿泡 Chickenpox usually occurs in childhood. 水痘好發於兒童時期。
ox [ɑks]	**n.** 牛 Oxen is the plural of ox,not oxes. Oxen 是公牛的複數形式，並非 oxes。
box [bɑks]	**n.** 一箱 (或一盒等) 的容量 [(+of)] He gave her a box of chocolates as a gift for Valentine's Day. 他給她一盒巧克力做為情人節禮物。

Tip 6 cow、ox 和 bull 的差別

乳牛為 cow，公牛有 ox 及 bull，bull 指有角的公牛，像西班牙用的鬥牛就叫做 bull，所以很多球隊取名為 bull。牛的總稱為 cattle。

唱 rap 說英文 ▶ **-od** [ɑd]	**God** 上帝 n.	**nod** 點頭 v.	**pod** 豆莢 n.	**rod** 竿子 n.

故事聯想

只要**上帝** **點點頭**
   God   nod

就可將**豆莢**變成釣魚的**竿子**。
      pod   rod

God [gad]	n. 上帝、造物主 Do you believe in God? 你相信上帝嗎？
nod [nad]	v. 點頭　　　　　　　　　　　　　　　🔊 nod / nodded / nodded He nodded in a friendly manner. 他禮貌性地向我點點頭。
pod [pad]	n. 莢；豆莢 It's a pea pod. 這是豌豆莢。
rod [rad]	n. 棍棒、桿、竿 He uses a rod to punish his son. 他用棍子處罰他的兒子。

唱 rap 說英文 ▶ **-ot** [ɑt]	not	Spot	lot	hot pot	dot	shot
	不 adv.	小花（寵物名） n.	很多 n.	火鍋 n.	斑點 n.	打針 n.

故事聯想

不 要給**小花**吃太 **多**　**火鍋**
not　　Spot　　　lot hot pot

否則身上長 **斑點**
　　　　　　dot

就要送去 **打針**。
　　　　shot

 MP3

not
[nɑt]

adv. 不
Let's not be late,ok?
我們不要遲到，好嗎？

Spot
[spɑt]

n. 斑點、花斑；此處為寵物名
We call the dog "Spot".
我們叫這隻狗小花。
The directions will teach you how to remove the spot from the skirt.
這個說明書會教你如何除去裙子上的斑點。

lot
[lɑt]

n. 【口】很多、多數、多量
There's a lot of food.
這裡有許多食物。

hot pot
[hɑt pɑt]

n. 火鍋
I like hot pot because it's delicious.
我喜歡火鍋因為很美味。

dot
[dɑt]

n. 點、小圓點
After you connect the dots, you can color it.
把這些點點連起來之後，你就可以著色了。

shot
[ʃɑt]

n. 射擊、開槍；槍（砲）聲
The nurse gave me a shot.
護士給我打了一針。

唱 rap 說英文 ▶ **-ond** [ɑnd]	**bl**ond 金髮碧眼的 adj.	**f**ond 喜歡的 adj.	**p**ond 池塘 n.

故事聯想

金髮碧眼的女孩**喜歡**去**池塘**邊散步。
blond　　　　fond　pond

blond [bland]	adj. （人的毛髮）亞麻色的、金黃色的 I like her long blond hair. 我喜歡她的金黃色長髮。
fond [fand]	adj. 喜歡的；愛好的 I'm quite fond of their children. 我十分喜歡他們的孩子。
pond [pand]	n. 池塘 They have a beautiful fish pond in their garden. 他們的花園裡有一個美麗的魚池。

唱 rap 說英文 ▶ **-op** [ap]	roof top	pop	hop	drop	shop	cop	stop	mop
	屋頂 n.	流行 adj.	跳 v.	掉落 v.	商店 n.	警察 n.	停止 v.	拖地 v.

故事聯想

在**屋頂**唱 **流行**歌， **跳**來跳去不小心
roof top　pop　　　hop

把東西**掉落**在樓下的**商店**，
　　　　drop　　　　　shop

警察來了就趕緊**停止**，
cop　　　　　　stop

假裝在**拖地**。
　　　mop

roof top
[ruf tap]

n. 屋頂；車頂
Oh no ! My ball's on the roof top!
噢不！我的球在屋頂上！

pop
[pap]

adj. 【口】通俗的、流行的
Have you ever been to a pop concert?
你去過演唱會嗎？

hop
[hap]

v. (人)單足跳；(蛙、鳥等)齊足跳　　hop / hopped / hopped
He looked so funny, hopping on one leg.
他用單腳跳，看起來好滑稽。

drop
[drap]

v. 滴下；落下；掉下　　drop / dropped / dropped
Be careful with that computer screen, don't drop it.
小心那電腦螢幕，可不要掉下來。

shop
[ʃap]

n. 商店、零售店
I can't believe this shop is closed.
我不敢相信這家店停止營業了。

cop
[kap]

n. 【口語用法】警察；警員
Watch out ! Here comes a cop!
當心！警察來了！

stop
[stap]

v. 停止；中止、止住　　stop / stopped / stopped
When are you going to stop annoying me?
你何時才能不再打擾我？

mop
[map]

v. 拖地　　mop / mopped / mopped
She hates mopping the floor.
她討厭拖地板。

唱 rap 說英文 ▶	fog	frog	log	jog	dog
-og [ɑg]	霧 n.	青蛙 n.	木頭 n.	慢跑 v.	狗 n.

故事聯想

一個有 **霧** 的早晨，
　　　fog

青蛙 跳過一根 **木頭**
frog　　　　　　log

追逐在 **慢跑** 的 **狗** 。
　　　jog　　dog

fog [fɑg]	**n.** 霧；霧氣 I couldn't see anything because of the fog. 因為霧，所以我看不見任何東西。
frog [frɑg]	**n.** 蛙、青蛙 Frogs are ugly and slimy. 青蛙很醜而且黏答答的。
log [lɔg]	**n.** 圓木；原木；木料 He sat on a huge log while the others were swimming. 當其他人正在游泳時，他就坐在一根巨大的原木上。
jog [dʒɑg]	**v.** 慢跑 (尤指作為健身鍛鍊)　　🔊 jog / jogged / jogged Let's go for a jog! It's a good exercise. 一起去慢跑吧！這是很好的運動。
dog [dɔg]	**n.** 狗 Dogs are not allowed in this restaurant. 這家餐廳不允許狗進入。

MP3

唱 rap 說英文 ▶ **-unk** [ʌŋk]	**drunk** 喝醉的 adj.	**trunk** 樹幹／後行李箱 n.	**junk** 垃圾 n.

故事聯想

一個 **喝醉的** 人在 **樹幹** 旁的
　　drunk　　　　trunk

後行李箱 裡，
　trunk

與一堆 **垃圾** 睡在一起。
　　　junk

drunk [drʌŋk]	**adj.** 喝醉（酒）的 He got drunk on only one can of beer. 他才喝了一罐啤酒就醉了。
trunk [trʌŋk]	**n.** 樹幹 The trunk of this old tree is two meters thick. 這棵老樹的樹幹有兩公尺粗。
	n. 汽車車尾的行李箱 All of your baggage has been put in the trunk. 你的所有行李都已經放進行李箱了。
junk [dʒʌŋk]	**n.** 垃圾 Do not eat too much junk food. 不要吃太多垃圾食物。

唱 rap 說英文 ▶

-ust
[ʌst]

must	**trust**	**bust**	**just**	**crust**	**dust**
必須	相信	半身像	正好	麵包皮	灰塵
aux v.	v.	n.	adv.	n.	n.

故事聯想

你 **一定** 要 **相信** 我，這座 **半身雕像**
　 must　　　 trust　　　　　　 bust

沾的 **正好** 是 **麵包皮**，不是 **灰塵**！
　　 just　　 crust　　　　　 dust

must [mʌst]	**aux v.** (表示必要、命令或強制) 必須、得 You must be quiet when the teacher is talking in class. 當老師上課在說話時，你必須要安靜。
trust [trʌst]	**v.** 信任、信賴　　　　　　　　　trust / trusted / trusted Trust me. You can make it! 相信我。你能成功！
bust [bʌst]	**n.** 胸像、半身雕像 On the piano was a bust of the greatest musician, Beethoven. 鋼琴上是最偉大的音樂家貝多芬的半身像。
just [dʒʌst]	**adv.** 正好、恰好 I just want to say goodbye. 我正要與你道別。
crust [krʌst]	**n.** 麵包皮；乾麵包片；派餅皮 Cut the crusts off when making sandwiches. 做三明治時，要切掉四周的麵包皮。
dust [dʌst]	**n.** 灰塵、塵土 All of the furniture is covered with dust. 所有傢俱都被灰塵所覆蓋。

M
P
3

唱 rap 說英文 ▶	plum	gum	drum	hum
-um [ʌm]	梅子 n.	口香糖 n.	鼓 n.	哼曲子 v.

故事聯想

吃著 **梅子** 口味的 **口香糖** ，
　　　plum　　　　　gum

一邊打 **鼓** 一邊 **哼著歌** 。
　　　drum　　　　hum

plum
[plʌm]

n. 洋李；梅子
The plums make our mouths water, even though they might taste very sour.
即使這些李子嚐起來可能很酸，但還是讓我們口水直流。

gum
[gʌm]

n. 橡皮糖、口香糖
All the children love chewing bubble gum.
所有的小孩都喜歡嚼泡泡糖。

drum
[drʌm]

n. 鼓
He can play the drums very well.
他的鼓打得非常好。

hum
[hʌm]

v. 哼曲子　　　　　　　　　　　　變 hum / hummed / hummed
He hummed as he walked.
他一邊走一邊哼著歌。

n. 嗡嗡聲
Listen to the hum of the bees in the garden.
聽聽花園裡蜜蜂的嗡嗡聲。

唱 rap 說英文 ▶	up	pup	cup
-up [ʌp]	向上的 adv.	小狗 n.	杯子 n.

故事聯想

再往**上**一點就可以拿到
　　up

小狗圖案的**杯子**了！
pup　　　　cup

up [ʌp]	adj. 向上的；上行的 The chart shows an up trend of dairy prices. 圖表顯示乳製品的價錢呈上升趨勢。
	adv. 向上地 The elevator is going up. 電梯往上。
pup [pʌp]	n. 小狗、幼犬 The pup chewed my shoes. 這隻小狗咬我的鞋子。
cup [kʌp]	n. 杯子；獎盃 I would like a cup of tea. 我要一杯茶。

MP3

唱 rap 說英文 ▶ **-ub** [ʌb]	**cub** 幼熊 n.	**club** 俱樂部 n.	**tub** 浴缸 n.	**rub** 擦揉 v.

故事聯想

熊寶寶在俱樂部的浴缸裡
cub   club   tub

被擦揉得乾乾淨淨。
rub

cub [kʌb]

n. （熊、獅、虎、狼等的）幼獸；幼鯨；幼鯊
The two-month-old tiger cub looks like a cat.
這隻兩個月大的幼虎看起來像隻貓。

club [klʌb]

n. （運動、娛樂等的）俱樂部；會；社
Alice belongs to the tennis club.
愛麗絲是這個網球俱樂部的一員。

tub [tʌb]

n. 浴缸；洗澡
Kids love playing with plastic toys in a tub when taking a bath.
孩子洗澡時喜歡在澡盆裡玩塑膠玩具。

rub [rʌb]

v. 擦、擦上   🔄 rub / rubbed / rubbed

n. 磨擦、擦上
Give the bear cub a good rub.
把熊寶寶擦乾淨。

唱 rap 說英文 ▶	sun	gun	run	bun	fun
-un [ʌn]	太陽 n.	槍 n.	跑 v.	小麵包 n.	有趣的 adj.

故事聯想

在**太陽**底下
　　sun

握著**槍**　**跑**步，
　　gun　run

一邊吃著**小麵包**很有**趣**。
　　　　bun　　　fun

sun [sʌn]	n. 太陽 The sun rises in the east. 太陽從東方昇起。
gun [gʌn]	n. 槍；砲 The policemen are practicing shooting a gun. 那些警察正在練習射擊（槍）。
run [rʌn]	v. 跑、奔　　　　　　　　　　　　　　變 run / ran / run He had to run to catch the bus. 他不得不跑過去趕搭公車。
bun [bʌn]	n. 小圓麵包（有時摻有葡萄乾等）；小圓糕點 I will order a bun with ham,egg and cheese. 我會點小圓麵包夾起士蛋。
fun [fʌn]	adj. 有趣的 He is a fun guy. 他是個有趣的傢伙。

MP3

唱 rap 說英文 ▶	jump	pump	lump	jump-rope	dump
-ump [ʌmp]	跳 v.	抽水機 n.	腫塊 n.	跳繩 n.	拋棄 v.

故事聯想

跳 繩時，撞到**抽水機**，
jump　　　　　　pump

頭上腫一個**包（腫塊）**，
　　　　　lump

氣得把**跳繩**　　**丟掉** 。
Jump-rope　dump

jump [dʒʌmp]	v. 跳；跳躍　　　　　　🔊 jump / jumped / jumped Jump over the puddle of water. 跳過這灘水。
pump [pʌmp]	n. 幫浦、唧筒 They used a pump for drawing water from the well. 他們使用一台幫浦（抽水馬達）抽井裡的水。
lump [lʌmp]	n. 隆起、腫塊 She found a lump on her back. 她發現她背上有一個腫塊。
jump-rope [dʒʌmp rop]	n. 跳繩 The girls played jump-rope. 女孩們玩跳繩。
dump [dʌmp]	v. 傾倒；拋棄　　　　　🔊 dump / dumped / dumped He helped his wife dump the garbage when the truck came. 垃圾車來時，他幫他老婆倒垃圾。

唱 rap 說英文 ▶

-ut
[ʌt]

hut	cut	walnut	chestnut	but	shut	peanut
小屋	切	核桃	栗子	但是	閉上	花生
n.	v.	n.	n.	conj.	v.	n.

故事聯想

在**小屋**想要**切**開**核桃**和**栗子**　，
　hut　　cut　walnut chestnut

但是**核桃**和**栗子**都緊緊**合上**，
but　walnut chestnut　　　shut

結果只好吃**花生米**。
　　　　peanut

hut [hʌt]	**n.**（簡陋的）小屋 The family lives in a little wooden hut in a remote village. 那家人住在偏遠村莊的一個小木屋裡。
cut [kʌt]	**v.** 切；割；剪；削；砍　　　　　　　　　　cut / cut / cut Please cut the cake into twelve pieces. 請把蛋糕切成十二片。

MP3

walnut
[`wɔlnət]

n. 胡桃；胡桃樹
The walnut cracker has been passed on from my great grandparents.
這個胡桃鉗是從我曾祖父母那時候就流傳下來的。

chestnut
[`tʃɛs,nʌt]

n. 栗子
A roasted chestnut is a tasty snack.
烤栗子是很好吃的零嘴。

but
[bʌt]

conj. 但是
He is quite smart, but he doesn't work hard.
他十分聰明，但是不認真。

shut
[ʃʌt]

v. 關上、閉上、關閉 　　　　　　shut / shut / shut
Shut the window, please.
請關窗。

peanut
[`pi,nʌt]

n. 花生
The peanut tastes delicious.
這花生很好吃。

唱 rap 說英文 ▶ **-ug** [ʌg]	**rug**	**mug**	**bug**	**hug**
	地毯	馬克杯	蟲	擁抱
	n.	n.	n.	v. / n.

故事聯想

地毯 上的 馬克杯 裡
rug 　　　 mug

有兩隻 蟲 在 抱抱 。
bug 　 hug

rug
[rʌg]

n. （鋪在地面上的）小地毯；毛皮地毯
A thick, woolen rug covers the floor in the living room.
客廳的地板上鋪著一塊厚的羊毛地毯。

mug
[mʌg]

n. 馬克杯
You can buy a mug with your picture on it.
你可以買印有你自己照片的馬克杯。

bug
[bʌg]

n. 蟲子
The leaf has a bug on it.
這片葉上有隻蟲。

v. 煩擾；激怒　　　　　　　　　　　　bug / bugged / bugged
Don't bug me.
別煩我。

hug
[hʌg]

v. 緊抱；擁抱；懷抱　　　　　　　　　hug / hugged / hugged
It is very common for western people to hug each other as a greeting.
西方人以擁抱來問候彼此是十分常見的。

n. 緊抱；擁抱；懷抱
Give me a big hug.
來給我抱一下。

MP3

長母音

- ▶ A
- ▶ E
- ▶ I
- ▶ O
- ▶ U

唱 rap 說英文 ▶

-ave
[ev]

brave	**grave**	**wave**	**rave**
勇敢的 / 勇士 adj. / n.	墳墓 n.	揮著手 v.	胡言亂語 v.

故事聯想

這位 **勇敢** 的 **勇士**，
　　 brave　　brave

竟在 **墳墓** 前 **揮著手** **胡言亂語**。
　　 grave　　 wave　　 rave

brave
[brev]

adj. 勇敢的、英勇的
He is as brave as a lion.
他勇猛如雄獅。

n. 勇士；（北美印第安人的）武士
He is an Indian brave .
他是個勇敢的印第安勇士。

grave
[grev]

n. 墓穴；埋葬處
Most Taiwanese usually visit their ancestors' graves on April 5th.
大多數的台灣人通常會在四月五日到祖先的墳墓掃墓。

wave
[wev]

v. 對……揮（手、旗等）　　　　wave / waved / waved
He waved to say good bye.
他揮手說再見。

n. 波；波浪
The waves danced in the sunlight.
波浪在陽光下跳舞。

rave
[rev]

v. 胡言亂語；狂罵；激烈地說　　　rave / raved / raved
She raved with anger.
她生氣的狂罵。

MP3

唱 rap 說英文 ▶	**rain**	**train**	**brain**
-rain [ren]	下雨 v.	火車 n.	頭腦 n.

故事聯想

<u>**下雨**</u>天坐在 <u>**火車**</u> 上
rain   train

<u>**頭腦**</u> 昏昏沉沉的。
brain

rain
[ren]

v. 下雨、降雨   🔊 rain / rained / rained
I think it's going to rain.
我想快要下雨了。

n. 雨、雨水
Do you get much rain?
你們那兒雨水多嗎？

train
[tren]

v. 訓練、培養 [(+ as / in / for)]   🔊 train / trained / trained
The company trained its workers.
公司培訓員工。
They were trained for nursing.
他們受護理課程訓練。

n. 火車
We went on vacation around the island by train.
我們搭火車環島旅行。

brain
[bren]

n. 智力、頭腦
This little boy uses his brain wisely.
這個小男孩的腦筋很好。

唱 rap 說英文 ▶	**May**	**say**	**today**	**may**	**stay**	**bay**
-ay [e]	媚（女子名）	說	今天	可以	留下來	海灣
	n.	v.	adv.	adv.	v.	n.
	play	**clay**	**pray**	**pay**	**ray**	**gray**
	玩	黏土	禱告	薪水	光線	灰
	v.	n.	v.	n.	n.	adj.

故事聯想

媚　說　今天　可以　留下來。
May　say　today　may　　stay

待　在這個 海灣　玩　黏土，
stay　　　　bay　play　clay

再向上天 禱告，不工作也可以拿 薪水。
　　　　pray　　　　　　　　pay

突然間，天上放射強烈 光芒 嚇得她臉色變　灰　！
　　　　　　　　　ray　　　　　　　　gray

May [me]	**n.** 媚：女子名 May is a girl's name. 媚是女孩子的名字。
say [se]	**v.** 說、講、唸、誦　　　　　　　　　🔄 say / said / said It's hard for the lovers to say good-bye. 要那對情侶互道再見是很難的。
today [tə`de]	**adv.** 今天 Today is a sunny day. 今天是晴天。
may [me]	**aux.** （表示可能性）可能、也許 May I ask you out? 我可以約你出去嗎？（我可以和你約會嗎？） **n.** 五月 He was born in May. 他出生於五月。

M
P
3

stay
[ste]

v. 停留、留下、暫住　　　　stay / stayed,staid / stayed,staid

He stayed with a relative while he was studying in America.
他在美國讀書時住在一位親戚家裡。

bay
[be]

n. (海或湖泊的)灣
Manila Bay is in the Philippines.
馬尼拉灣位於菲律賓。

play
[ple]

v. 玩耍、遊戲、戲弄、玩弄;演奏(樂器)　　play / played / played

Do not play with a ball in the classroom.
不要在教室裡玩球。
She can play the piano very well.
她可以彈得一手好琴。

clay
[kle]

n. 黏土;泥土
God is the potter and we are the clay.
上帝是陶匠,而我們是陶土。

pray
[pre]

v. 祈禱、祈求　　　　pray / prayed / prayed

They prayed to God for healing their 5-month-old baby.
他們祈求神能治好他們五個月大的嬰孩。

pay
[pe]

v. 付、支付;付款給　　　　pay / paid / paid

She paid the shopkeeper.
她把錢付給了店主。

n. 薪俸、報酬
They strike for higher pay.
他們罷工,要求增加工資。

ray
[re]

n. 光線、熱線、電流
X-rays can be very dangerous if they are not correctly used.
X 光若沒正確使用的話,是很危險的。

gray
[gre]

adj. 灰色的;偏灰的
My grandfather's hair is gray.
我爺爺的頭髮是灰白色的。

唱 rap 說英文 ▶	**vall**ey	**monk**ey	**donk**ey	**hon**ey
-ey [ɪ]	山谷 n.	猴子 n.	驢子 n.	蜂蜜 n.

故事聯想

山谷 中的 猴子 與 驢子 在吃 蜂蜜 。
valley　monkey donkey　honey

valley [ˋvælɪ]	**n.** 山谷；溪谷 A valley is low land between hills or mountains. 山谷是位於山丘或山嶺之間的低地。
monkey [ˋmʌŋkɪ]	**n.** 猴子 Monkeys love eating bananas. 猴子愛吃香蕉。
donkey [ˋdɑŋkɪ]	**n.** 驢 He is as stupid as a donkey. 他和驢子一樣蠢。
honey [ˋhʌnɪ]	**n.** 蜂蜜 Both honey and sugar are sweet. 蜂蜜和糖都是甜的。

M
P
3

唱 rap 說英文 ▶ **-ief** [if]	**thief** 小偷 n.	**chief** 首領 n.	**grief** 悲痛憂傷 n.	**belief** 相信 n.	**relief** 解除 n.

故事聯想

這個 **小偷** 的 **首領**
　　thief　chief

只要 **悲痛憂傷** 面對自己的罪，
　　grief

相信 上帝會改變他，他心靈的苦必得 **解除** 。
belief　　　　　　　　　　　　　　　　　relief

thief
[θif]
n. 賊、小偷
The thief felt sorry for what he had done.
這小偷為他所做的事感到抱歉。

chief
[tʃif]
n. 首領、長官、領袖、主任
His grandfather used to be an Indian chief.
他的祖父曾是印度的首領。

grief
[grif]
n. 悲痛、悲傷
The mother went mad with grief after losing her son.
失去孩子後，母親因悲痛而發瘋了。

belief
[bɪ`lif]
n. 相信、信任、信賴
He has a strong belief in God.
他對上帝有很強烈的信念。

relief
[rɪ`lif]
n. （痛苦、負擔等的）緩和、減輕、解除
The medicine will give her some relief.
藥物將會減輕她的些許痛苦。

唱 rap 說英文 ▶ **-ie** [aɪ]	**tie** 領帶 n.	**lie** 躺 v.	**pie** 派 n.	**die** 死 v.

故事聯想

綁著 **領帶 躺** 著吃 **派**，小心會 **死** 喔。
　　　tie　lie　　pie　　　　　die

tie [taɪ]	**n.** 領帶 The tie goes with the shirt. 這條領帶和這件襯衫很配。
	v. 打成平手；捆　　　　　　　　　　　　　　🔊 tie / tied / tied The Yankees and the Chicago White Sox are tied. 洋基隊和芝加哥白襪隊打成平手。
lie [laɪ]	**v.** 躺、臥；位於　　　　　　　　　　　　　🔊 lie / lay / lain Taichung lies in the middle of Taiwan. 台中位於台灣的中間。
pie [paɪ]	**n.** 派（酥殼有餡的餅）、餡餅 Does anyone want some more pie? 有誰想再吃點餡餅嗎？
die [daɪ]	**v.** 死　　　　　　　　　　　　　　　　　🔊 die / died / died He died many years ago. 他好幾年前就死了。

MP3

唱 rap 說英文 ▶ **-ride** [raɪd]	**b**ride 新娘 n.	**st**ride 邁開大步 v.	**pr**ide 驕傲 n.	ride 騎 v.

故事聯想

這位 <u>新娘</u> <u>邁開大步</u>，
bride　stride

<u>驕傲</u> 地 <u>騎</u> 上馬。
pride　ride

bride
[braɪd]

n. 新娘；即將做新娘的女子
The bride and the bridegroom are entering the church.
新娘和新郎正進入教堂。

stride
[straɪd]

v. 邁大步走　　　　　　　🔊 stride / strode / stridden
The soldiers are striding along the fence.
軍人們沿著圍欄邁步前進。

pride
[praɪd]

n. 自豪、得意
He takes pride in his English skill.
他以自己的英文能力為傲。

ride
[raɪd]

v. 騎馬、乘車；騎馬（或乘車）旅行　　🔊 ride / rode / ridden
She rides to school every day.
她每天騎腳踏車去學校。

唱 rap 說英文 ▶	**ch**ild	**w**ild	**m**ild
-ild [aɪld]	小孩 n.	狂野的 adj.	溫和的 adj.

故事聯想

這個 **小孩** 有時 **狂野**，
　　　child　　　wild

有時 **溫和** 。
　　mild

child [tʃaɪld]	n. 兒子、女兒、子女 Uncle John has only one child. 約翰舅舅只有一個孩子。
wild [waɪld]	adj. 野的、野生的、未被人馴養的 Aborigines usually hunt wild animals during their traditional festivals. 在傳統節慶時，原住民通常會捕獵野生動物。
mild [maɪld]	adj. 溫和的、溫柔的 The weather in Taiwan is mild. 台灣的天氣是溫和的。

MP3

唱 rap 說英文 ▶	kind	find	blind	behind
-ind [aɪnd]	仁慈的 adj.	發現 v.	瞎的 adj.	在後面 adv.

故事聯想

這個 **仁慈** 的女孩，
     kind

發現 一位 **眼瞎** 的人在 **後面** 。
find   blind   behind

kind
[kaɪnd]

adj. 親切的；和藹的
Tom is very kind to everyone and even strangers are no exception.
湯姆待人和藹，甚至對陌生人也不例外。

find
[faɪnd]

v. 找到、尋得；發現；碰上　　　🔊 find / found / found
It made me sad to find that my car was stolen.
知道我的車被偷了之後，我很難過。

blind
[blaɪnd]

adj. 瞎的、盲的
Dogs are born blind.
狗天生盲目。

behind
[bɪˋhaɪnd]

adv. （留）在原處；（遺留）在後
Their team was left behind in the relay.
他們的隊伍在接力賽中遠遠落後。

77

唱 rap 說英文 ▶ **-oke** [ok]	**sm**oke	**ch**oke	**w**oke	**str**oke
	煙	嗆到	醒來	中風
	n.	v.	v.	v.
	broke	**j**oke	**C**oke	**sp**oke
	打破	笑話	可樂	講話
	v.	n.	n.	v.

故事聯想

早上被 **煙** **嗆到** **醒來**，我差點 **中風** 。
　　smoke　choke woke　　　stroke

所幸警察 **破門** 救我，
　　　　broke

還對我說**笑話**，請我喝**可樂**，
　　　　joke　　　　Coke

我才漸漸**講出話**來。
　　　　spoke

MP3

smoke [smok]

n. 煙
There is no smoke without fire.
無風不起浪。

v. 抽菸　smoke / smoked / smoked
No smoking.
不准抽菸。

choke [tʃok]

v. 使窒息；哽住　choke / choked / choked
She was choking from the heavy smoke.
她被濃煙嗆到了。

woke [wok]

v. 醒來；wake 的過去式　wake / waked,woke / waked,woken
I woke up at eight o'clock in the morning.
今天早上我八點起床。

stroke [strok]

n. (病) 突然發作；中風
His grandfather had a stroke last night.
他的祖父昨晚中風了。

broke [brok]

v. 打破；折斷；使碎裂；break 的過去式　break / broke / broken
He fell down and broke his ankle.
他跌斷了腳踝。

joke [dʒok]

n. 玩笑、戲謔
He played a joke on me.
他捉弄我。

Coke [kok]

n. 可口可樂 (=Coca-Cola)
Coke is a short name for Coca-cola.
Coke 是 Coca-Cola 的簡稱。

spoke [spok]

v. 說話、講話；speak 的過去式　speak / spoke / spoken
The President of France spoke on TV.
法國總統在電視上發表談話。

唱 rap 說英文 ▶	**Joe**	**hoe**	**toe**
-oe [o]	喬（男子名） n.	鋤頭 n.	腳趾 n.

故事聯想

喬 不小心用 **鋤頭**
Joe　　　　　hoe

敲到 **腳趾** 。
　　　toe

Joe [dʒo]	n. 喬；男子名 (為約瑟夫 Joseph 之暱稱) My uncle, Joe works at the circus. 我的伯伯喬在馬戲團工作。
hoe [ho]	n. 鋤、鋤頭 The gardener uses a hoe to break up soil. 這園丁用鋤頭鋤破土壤。
toe [to]	n. 腳趾；足尖 The baby is playing with his toes. 這嬰兒正在玩他的腳趾。

唱 rap 說英文 ▶	wrote	note	vote
-ote [ot]	寫 v.	字條 / 注意 n. / v.	投票 v.

故事聯想

媽媽 **寫** 了一張**字條**
　　 wrote　　 note

叫我們要**注意**
　　　　 note

今天得去**投票**。
　　　 vote

wrote [rot]	**v.** 寫下、書寫；write 的過去式　　　　　🔊 write / wrote / written I've written only one page. 我只寫了一頁。
note [not]	**v.** 注意　　　　　　　　　　　　　　🔊 note / noted / noted Please note that there is no school this afternoon. 請注意今天下午不用上學。 **n.** 便條；(外交上的) 照會 He noticed the note on the desk from his secretary. 他注意到桌上秘書所留的便條。
vote [vot]	**n.** 選舉、投票、表決 Will you cast a vote for the presidential election? 總統大選你會去投票嗎？ **v.** 投票；表決；選舉　　　　　　　　🔊 vote / voted / voted Vote for the man you can trust. 選你能信賴的人。

唱 rap 說英文 ▶	show	bow	snow	grow	crow	know	row
-OW [ow]	表演 n.	蝴蝶結 n.	雪 n.	長大 v.	烏鴉 n.	知道 v.	一排 n.

故事聯想

表演 節目裡，
show

綁著 **蝴蝶結** 在 **雪地** 裡 **長大** 的
　　bow　　snow　　grow

烏鴉 **知道** 自動排成 **一排**。
crow　know　　　　row

show [ʃo]	**n.** 展覽、展覽會；表演 It is a very popular variety show. 這是非常受歡迎的綜藝節目。
bow [bo]	**n.** 蝴蝶結；蝴蝶領結 Tie your shoelaces in a bow. 把你的鞋帶打個蝴蝶結吧。
snow [sno]	**v.** 下雪　　　　　　　　　　　　變 snow / snowed / snowed It is snowing. 下雪了。 **n.** 雪 People like to lie in the snow, stretching their arms to make snow angels. 人們喜歡躺在雪上面，伸展雙臂扮演雪天使。
grow [gro]	**v.** 成長、生長；發育　　　　　　變 grow / grew / grownn You are growing taller and taller. 你長得越來越高了。

MP3

crow
[kro]

n. 鴉、烏鴉
The crow will eat the seed.
這隻烏鴉要去吃種子。

know
[no]

v. 知道、了解、懂得　　　　　　　　　🔊 know / knew / known
I will tell you what I know.
我將告訴你我所知道的。

row
[ro]

n. （一）列、（一）排；（一排）座位
The teacher asked the children in the first row to move back.
老師要求第一排的孩子向後移動。

唱 rap 說英文 ▶

-dow
[do]

window	meadow	widow	shadow
窗戶	草地	寡婦	影子
n.	n.	n.	n.

故事聯想

從 **窗戶** 看出去，
　window

在 **草地** 上有 **寡婦** 的 **影子** 。
　meadow　　widow　shadow

window
[`wɪndo]

n. 窗、窗戶；（商店）櫥窗
She likes to sit by the window at the café, enjoying strong black coffee.
她喜歡坐在咖啡館的窗戶旁邊，享受濃郁的黑咖啡。

meadow
[`mɛdo]

n. 草地、牧草地
A flock of sheep are grazing in the meadow.
一群羊正在草地吃草。

widow [`wɪdo]	n. 寡婦 The old lady is a widow. 這位老女士是位寡婦。
shadow [`ʃædo]	n. 影子 The love affair cast a shadow on his political career. 這個外遇緋聞使他的政治生涯蒙上陰影。

唱 rap 說英文 ▶ -rrow [ro]	borrow	arrow	tomorrow	sorrow
	借 v.	箭 n.	明天 n.	悲傷 n.

故事聯想

嘿！我 **借** 到 **箭** 了，
　　　borrow　arrow

明天 將是你 **悲傷** 的日子啦！
tomorrow　　　　sorrow

borrow [`baro]	v. 借、借入　　　🔊 borrow / borrowed / borrowed How much did you borrow from him? 你向他借了多少錢？
arrow [`æro]	n. 箭 The hunter shot an arrow at the hare. 獵人對野兔射了一箭。
tomorrow [tə`mɔro]	n. 明天 Tomorrow is my brother's birthday. 明天是我兄弟的生日。
sorrow [`saro]	n. 悲哀、悲傷 I feel sorrow for the death of my aunt. 因為我嬸嬸死了，我好悲傷。

MP3

唱 rap 說英文 ▶	close	pose	nose	those	rose
-ose [oz]	關 / 靠近的 v. / adj.	姿勢 n.	鼻子 n.	那些 adj.	玫瑰 n.

故事聯想

關 上門，擺個 姿勢，
close　　　　　pose

用 鼻子 靠近 那些 玫瑰 花。
nose close those rose

close
[kloz]

v. 關閉、蓋上、合上　　　　　　　　　　變 close / closed / closed
He closed the door loudly.
他大聲關上門。

adj. 近的；親密的
His house is close to the factory.
他家靠近工廠。

pose
[poz]

n. (身體呈現的) 樣子、姿勢
"Hold that pose and smile," said the photographer.
攝影師說「保持那個姿勢別動，然後微笑」。

nose
[noz]

n. 鼻
Don't pick your nose in public.
別在大庭廣眾下挖鼻孔。

those
[ðoz]

adj. 那些的
Those problems will be solved soon.
這些問題將會很快地被解決。

rose
[roz]

n. 薔薇花、玫瑰花
There is no rose without a thorn.
沒有無刺的玫瑰。

唱 rap 說英文 ▶	float	boat	goat	coat	throat
-oat [ot]	漂浮 v.	船 n.	山羊 n.	外套 n.	喉嚨 n.

故事聯想

漂浮 在水上的 **船** 裡，
float　　　　　　boat

有頭 **山羊** 穿了件 **外套**，
　　　goat　　　　coat

保護 **喉嚨** 。
　　throat

float [flot]	v. 漂浮　　　　　　　　　　　　　　　　float / floated / floated There is a goat on the boat floating on the lake. 有一頭山羊在一艘漂浮在湖泊的船上。
boat [bot]	n. 小船 We'll take a boat to cross the river. 我們會乘坐一艘小船過河。
goat [got]	n. 山羊 Can you tell a goat from a sheep? 你能分辨得出綿羊和山羊嗎？
coat [kot]	n. 外套、大衣；(西裝的) 上衣；毛皮 Mary bought a new coat for the party. 瑪莉為了參加舞會買了件新外套。 The dog has a long and puffy coat. 那隻狗有著又長又蓬鬆的毛皮。
throat [θrot]	n. 喉嚨 She has a sore throat. 她喉嚨痛。

 MP3

唱 rap 說英文 ▶ -oast [ost]	boast	coast	roast	toast	roller coaster
	誇口	海岸	烤肉	土司	雲宵飛車
	v.	n.	n.	n.	ph.

故事聯想

他 **誇口** 沿著 **海岸** 可以
　　boast　　　　coast

免費吃 **烤肉** 、吃 **土司** ，
　　　roast　　　toast

還可以玩 **雲宵飛車** 。
　　　　roller coaster

boast [bost]	v. 自吹自擂、誇耀 [(+about / of)]　🔊 boast / boasted / boasted The man is always boasting of his love affairs. 這個男人總是自誇他的愛情史。
coast [kost]	n. 海岸、沿海地區 They drove along the coast. 他們沿著海岸開車。
roast [rost]	n. 烤肉、炙肉 Let's do a roast for dinner. 今晚我們來吃烤肉。
toast [tost]	n. 土司、烤麵包片 The little girl is spreading some strawberry jam on toast. 這小女孩正將土司塗上一些草莓果醬。
roller coaster [ˋrolɚ ˏkostɚ]	ph. 雲霄飛車 A ride on a roller coaster is too exciting for my grandparents. 對我的祖父母來說，坐雲霄飛車太刺激了。

唱 rap 說英文 ▶	load	toad	road
-oad [od]	載 v.	癩蛤蟆 n.	道路 n.

故事聯想

載 著 **癩蛤蟆** 的車在 **馬路** 上跑。
load　　toad　　　　road

load [lod]	**v.** 裝、裝載　　　　　　　　　　　　　🔁 load / loaded / loaded The workers are loading the truck with wood. 工人正把木頭裝上貨車。 **n.** 裝載、擔子；負擔 The load on that elevator is more than it will bear. 那電梯的載重超過了它所能承受的重量。
toad [tod]	**n.** 蟾蜍、癩蛤蟆 Toads and frogs look alike. 蟾蜍和青蛙長得很像。
road [rod]	**n.** 路、道路、公路 There is no royal road to success. 成功無捷徑（想要成功無皇室之路）。

M
P
3

唱 rap 說英文 ▶ **-low** [lo]	**shallow**	**flow**	**slow**	**low**
	淺的 adj.	水流 v.	慢慢的 adj.	低的 adj.
	blow	**yellow**	**pillow**	
	吹動 v.	黃色的 adj.	枕頭 n.	

故事聯想

淺的　水流 慢慢的，
shallow flow　slow

速度很 低的 吹動 著 黃色的 枕頭 。
　　　 low　blow　　yellow pillow

shallow [ˋʃælo]

adj. 淺的
The lake is quite shallow.
這湖水很淺。

flow [flo]

v. (河水等) 流動　　　🔊 flow / flowed / flowed
The Nile River flows into the Mediterranean.
尼羅河流入地中海。

slow [slo]

adj. 慢的、緩緩的、遲緩的
He's a slow walker.
他走起路來慢吞吞的。

low [lo]

adj. 低的、矮的；淺的
The temperature will be very low tonight.
今晚氣溫會很低。

blow [blo]

v. 吹、刮　　　🔊 blow / blew / blown
We are afraid that the storm will blow our roof away.
我們擔心暴風雨會把我們的屋頂給吹走。

yellow [ˋjɛlo]

adj. 黃色的
The color of lemons is yellow.
檸檬的顏色是黃色的。

pillow
[`pɪlo]

n. 枕頭
He falls asleep as soon as his head hits the pillow.
他一碰到枕頭就睡著。

唱 rap 說英文 ▶

-old
[od]

old	cold	told	sold
老	寒冷的	告訴	賣掉
adj.	adj.	v.	v.
hold	**gold**	**bold**	**scold**
握著	黃金	膽大	叱責
v.	n.	adj.	v.

故事聯想

有一個 **老人**，在 **寒冷的** 天氣裡，
　　　　old　　　　　cold

告訴 別人他想 **賣掉** 手中 **握著** 的 **黃金**，
told　　　　　　sold　　　hold　　gold

真是 **膽大**，真想 **叱責** 他。
　　　bold　　　　　scold

old
[old]

adj. 老的、上了年紀的
My grandfather is already eighty years old.
我的祖父已經八十歲了。

cold
[kold]

adj. 冷的、寒冷的
This winter is so cold that no one is outside.
這個冬天如此的冷，以至於沒人在外面。

told
[told]

v. 告訴；tell 的過去式和過去分詞　　　　tell / told / told
I told him the news.
我告訴他這消息。

sold
[sold]

v. 賣；sell 的過去式和過去分詞　　　　sell / sold / sold
She sold her house last year.
她在去年賣掉了她的房子。

MP3

hold
[hold]

v. 握著   變 hold / held / held

He hold his gold tightly.
他緊緊的握住他的黃金。

gold
[gold]

n. 金；黃金

The price of gold now is far higher than ten years ago.
現在黃金的價格比十年前高出許多。

bold
[bold]

adj. 英勇的、無畏的、大膽的

Mr. Wang made a bold speech last night.
王先生昨晚有一場大膽的演說。

scold
[skold]

v. 罵、責罵；嘮嘮叨叨地責備   變 scold / scolded / scolded

Parents should not scold too much.
父母親不應該太常責罵孩子。

唱 rap 說英文 ▶	**go**	**yo-yo**
-O [o]	去 v.	溜溜球 n.

故事聯想

呵呵……

去 SoGo 百貨公司玩 **溜溜球** 。
go   yo-yo

go
[go]

v. 去；離去   變 go / went / gone

Where are you going?
你正要去哪裡？

yo-yo
[`jo,jo]

n. 溜溜球

Kids like to play with yo-yos.
小孩們喜歡玩溜溜球。

唱 rap 說英文 ▶ -ost [ost]	host	post	most	post office
	主持人	張貼	最多的	郵局
	n.	v.	adj.	n.

故事聯想

這個 **主持人** **張貼** **最多**
　　　host　　post　most

鬼故事在 **郵局** 門口。
　　　　　post office

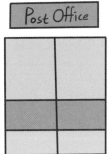

Post Office

host [host]

n. 主人、主持人
He is the host of the party.
他是這場派對的主持人。

v. 主持、招待；作為地主國　🔊 host / hosted / hosted
China hosted the Olympic Games in 2008.
中國在二〇〇八年主辦奧運會。

post [post]

v. 貼出 (佈告等)　🔊 post / posted / posted
Post no bills.
禁止張貼。

most [most]

adv. (使形容詞或副詞的成為最高級) 最……
It is the most difficult situation that I have ever met.
這是我曾見過最困難的情勢。
He loves Mary most.
他最愛瑪莉。

pron. 大多數
Most of the people in Taiwan hope Taiwan can be a member of the United Nations.
大多數的台灣人希望台灣能夠成為聯合國的成員。

MP3

post office
[post`ɔfis]

n. 郵局
The post office is over there.
郵局在那邊。

唱 rap 說英文 ▶ **-u-e** [ju]	June	cute	duke	ice cube	tube	nude	mute
	六月 n.	可愛的 adj.	公爵 n.	冰塊 n.	管 n.	赤裸 adj.	沉默的 adj.

故事聯想

六月 的時候，
June

有一個 **可愛** 的 **公爵**，
　　cute　duke

頭頂 **冰塊**，手抓 **軟管**，
　　ice cube　　tube

裸體 無聲的 抗議。
nude mute

June
[dʒun]

n. 六月
I was born in June.
我是在六月出生的。

cute
[kjut]

a. 漂亮迷人的、可愛的、小巧玲瓏的
The actor is so cute that he is popular with young girls.
這個男演員很迷人所以大受少女的喜愛。

duke
[djuk]

n. 公爵；(公國的) 君主
Duke William is from England.
威廉公爵是英國人。

cube
[kjub]

n. 立方體、立方形物體
We took ice cubes out of the fridge.
我們從冰箱裡拿冰塊出來。

tube
[tjub]

n. 管；(裝牙膏等的)軟管
The dancer swirled around and around the steel tube.
這位舞者不斷地在繞著鋼管旋轉。

nude
[njud]

adj. 裸的
He is a nude model.
他是一位裸體模特兒。

mute
[mjut]

adj. 沉默的；啞的
Helen Keller was born blind, deaf and mute.
海倫凱勒出生時又瞎又聾又啞。

MP3

其他根音

唱 rap 說英文 ▶	**Jack**	**snack**	**pack**	**sack**
-ack [æk]	傑克（男子名） n.	零食 n.	打包 v.	袋 n.
	lack	**back**	**black**	**crack**
	缺乏 v.	背後 n.	黑色的 adj.	裂縫 n.

故事聯想

傑克 將 零食 打包
Jack　snack pack

成一 袋 ，但缺乏技巧，
　　sack　　　lack

背後 有一條 黑色 的 裂縫 。
back　　　　black　crack

Jack [dʒæk]	n. 傑克；男子名 Jack is one of my best friends. 傑克是我好朋友之一。
snack [snæk]	n. 零食、正餐以外的小吃 Mark likes to eat snacks between meals. 馬克喜歡在正餐間吃零食。
pack [pæk]	v. 包裝、打包　　　　　　　　　　🔊 pack / packed / packed Mother packs some food for me. 媽媽為我打包一些食物。 n. 背包、包裹 The students carry backpacks in elementary school. 國小學生都帶著背包。

M
P
3

sack [sæk]	**n.** 袋 Americans like to buy a sack of potatoes. 美國人喜歡買一袋的馬鈴薯。
lack [læk]	**v.** 缺乏、沒有　　　　　　　　　　　🔊 lack / lacked / lacked Orphans lack love from their parents. 孤兒缺乏來自父母的愛。
back [bæk]	**n.** 後面、背後 Never turn your back on others while talking. 說話時永遠不要背對別人。
black [blæk]	**adj.** 黑色的 I like that black shirt. 我喜歡那件黑色襯衫。
crack [kræk]	**n.** 裂縫、裂口 There is a crack in the middle of the road. 馬路中間有一個裂縫。

唱 rap 說英文 ▶ **-ick** [ɪk]	qu**ick**	p**ick**	th**ick**	s**ick**	ch**ick**	k**ick**	l**ick**
	快的 adj.	挑出 v.	厚的 adj.	生病的 adj.	小雞 n.	踢 v.	舔 v.

故事聯想

快點 挑出 那隻
quick pick

毛髮濃 厚的 生病的 小雞，
　　　thick sick chick

牠在裡面一直被 踢 又被 舔。
　　　　　　 kick　　　 lick

quick [kwɪk]	**adj.** 快的、迅速的 Let me have a quick look at it. 讓我快速看一下。
pick [pɪk]	**v.** 挑選、挑出　　　　　🔊 pick / picked / picked Let's pick this one. 挑選這個吧！
thick [θɪk]	**adj.** 厚的 The opposite of "thin" is "thick." 薄的相反就是厚。
sick [sɪk]	**adj.** 病的、有病的；病人的 The sick tree is several hundred years old. 這棵病樹已生長了好幾百年了。
chick [tʃɪk]	**n.** 小雞 A chick is a baby chicken. 小雞是指雞的小寶寶。
kick [kɪk]	**v.** 踢　　　　　🔊 kick / kicked / kicked The boy picked on a chick and kicked it. 這男生挑中這隻雞對牠猛踢。
lick [lɪk]	**v.** 舔　　　　　🔊 lick / licked / licked Kids enjoy licking lollipop. 小孩子喜歡舔棒棒糖。

唱 rap 說英文 ▶	rock	clock	lock	sock	shock
-ock [ɑk]	岩石 / 搖滾樂 n.	時鐘 n.	鎖著 v.	襪子 n.	震驚 v.

故事聯想

岩石 上的 時鐘 裡面 鎖著 襪子 ，
rock　　clock　　lock sock

竟然會跳 搖滾樂 ，
　　　　　　rock

令人 震驚 。
　　shock

rock [rɑk]	**n.** 岩石；搖滾樂 Don't walk barefoot on those rocks! 不要赤腳走在岩石上！
clock [klɑk]	**n.** 時鐘 Put that clock in the living room, please. 請把那個時鐘放進客廳。
lock [lɑk]	**n.** 鎖 He had to pick the lock to enter the room. 他必須撬開鎖進入房間。
sock [sɑk]	**n.** 短襪、半統襪 Mom, have you washed my yellow socks? 媽媽，你有洗到我的黃色襪子嗎？
shock [ʃɑk]	**v.** 使震驚（或憤慨、厭惡等）　　　　　　　　　　shock / shocked / shocked Nothing can shock me anymore. I've seen everything. 沒有什麼能再使我震驚了。我已經知道一切了。

唱 rap 說英文 ▶	scratch	patch	catch	match	hatch
-atch [ætʃ]	抓 v.	貼片 n.	逮捕 v.	相敵 n.	孵化 v.

故事聯想

手上有 **抓** 痕、
scratch

全身貼滿 **貼片** 的人，
patch

警察想 **逮捕** 他時，
catch

他武功好到無人能 **相敵** ，
match

還打翻了一窩正在 **孵化** 的小雞。
hatch

scratch [skrætʃ]	**v.** 抓；搔　　　　　　　　　　🔄 scratch / scratched / scratched He itches all over and scratches all the time. 他全身癢到不時地抓癢。
patch [pætʃ]	**n.** 補釘、補片；貼片 The man's jeans had a patch at the bottom. 那男人的褲子在臀部處有一塊補丁。
catch [kætʃ]	**v.** 接住、抓住　　　　　　　　🔄 catch / caught / caught Please catch the ball. Hurry up. 請快點接住球。

M
P
3

match [mætʃ]	n. 比賽、競賽；旗鼓相當的人；相配者 What time will the match begin? 這場比賽幾點開始？ He has never met his match. 他未曾遇過對手（旗鼓相當的人）。 Tom and Kathy are a perfect match for each other. 湯姆和凱西非常地相配。
hatch [hætʃ]	v. 孵出　　　　　　　　　　　　　　　　hatch / hatched / hatched The eggs of this kind of fish are hatched on the seashore. 這種魚類是在海岸邊孵化的。

唱 rap 說英文 ▶

-itch
[ɪtʃ]

stitch	witch	pitch	switch on	switch
縫針	巫婆	音調；排水溝	打開	開關
n.	n.	n.	v.	n. / v.

故事聯想

臉上有 **縫針** 的 **巫婆**
　　stitch　witch

用高 **音調** 的聲音，
　　pitch

打開 神秘的 **開關** ，
switch on　　switch

讓所有人都掉進 **排水溝** 裡。
　　　　　pitch

stitch
[stɪtʃ]

n. 一針、針腳、線跡
The witch has a lot of stitches on her face.
那位女巫臉上有許多縫痕。

v. 縫、繡、編結　　　　　　　stitch / stitched / stitched
The doctor stitched the cut on her leg.
那位醫生縫合了她腿上的傷口。

witch
[wɪtʃ]

n. 女巫、巫婆
The witch has a high-pitched voice.
那位女巫有著尖銳的嗓音。

pitch
[pɪtʃ]

n. 音調；排水溝
The pitch is too high for my voice.
這個音調對我來說太高了。

v. 為……定音高；為……定調　　　pitch / pitched / pitched
The musician began to pitch the tune.
音樂家開始調音。

switch
[swɪtʃ]

n. 開關、電鍵
He found the switch in the dark.
他在黑暗中找到了開關。

v. 打開（或關掉）……的開關　　　switch / switched / switched
Switch on the light, please.
請打開電燈。

M
P
3

唱 rap 說英文 ▶

-each
[itʃ]

teacher	teach	reach	beach	peach	bleach
老師	教導	到達	海灘	桃子	漂白
n.	v.	v.	n.	n.	v.

故事聯想

美容節目的 **老師**
　　　　　　teacher

教導　到達 的來賓少去 **海邊** ，
teach　reach　　　　　　beach

多吃 **桃子** ，可以讓皮膚看起來
　　　peach

像 **漂白** 過的一樣白皙。
　　bleach

teacher [ˋtitʃɚ]	**n.** 老師、教師 My husband is an English teacher at the local school. 我丈夫是本地學校的一位英語教師。
teach [titʃ]	**v.** 教、講授；訓練　　　　　🔊 teach / taught / taught I will teach him a lesson. 我會教訓他一下。
reach [ritʃ]	**v.** 抵達、到達；達到　　　🔊 reach / reached / reached After a long drive, they reached a small town. 開了一段漫長的路後，他們抵達了一個小鎮。 **n.** (手、能力、影響力等) 可及之範圍 Please put the medicine out of children's reach. 請將藥放在小孩拿不到的地方。

beach
[biːtʃ]

n. 海灘；海濱度假地
Let's spend our vacation at the beach.
我們到海灘度假吧。

peach
[piːtʃ]

n. 桃子
The peach tastes delicious.
桃子很好吃。

bleach
[bliːtʃ]

v. 將……漂白　　　　　　　　bleach / bleached / bleached
My T-shirt is so dirty that I must have it bleached.
我的 T 恤髒到我得用漂白水來漂它。

唱 rap 說英文 ▶

-unch
[ʌntʃ]

lunch	hunch	munch	crunch
午餐	彎腰駝背	津津有味地嚼著	嘎吱作響
n.	v.	v.	v. / n.

故事聯想

午餐 時，有人**彎腰駝背**地坐著，
lunch　　　　　　hunch

津津有味地吃著他的午餐，
munch

發出**嘎吱嘎吱**的聲音。
crunch

lunch
[lʌntʃ]

n. 午餐；便餐；便當
What do you want to eat for lunch?
你中午想吃什麼？

hunch
[hʌntʃ]

v. 使（背部）隆起，使成弓狀　　　hunch / hunched / hunched
When working at your computer, don't hunch over the keyboard. It's bad for your back.
使用電腦時，不要彎腰駝背地敲鍵盤，這樣對你的背不好。

M
P
3

munch
[mʌntʃ]

v. 津津有味地嚼著　　　　　　　　🔊 munch / munched / munched
She munched on a carrot while watching TV.
她邊看電視邊津津有味地吃著紅蘿蔔。

crunch
[krʌntʃ]

v. 嘎吱作響地咬嚼　　　　　　　　🔊 crunch / crunched / crunched
He is crunching on potato chips .
他嘎吱嘎吱地吃著洋芋片。

n. 嘎吱作響
She enjoys the crunch of cucumbers in the salad.
她嘎吱作響的享用著沙拉裡的小黃瓜。

唱 rap 說英文 ▶	coach	roach	approach
-oach [otʃ]	教練 n.	蟑螂 n.	靠近 v.

故事聯想

我的 **教練** 長得像 **蟑螂** ，
　　coach　　　　　roach

正在 **靠近** 我。
　　approach

coach
[kotʃ]

n. 教練
He is a very experienced baseball coach.
他是一個很有經驗的棒球教練。

v. 訓練、指導、輔導　　　　　　🔊 coach / coached / coached
He coaches people for GEPT. (General English Proficiency Test)
他教人準備全民英檢。

roach [rotʃ]	n. 蟑螂	🔊 cockroach
	A "cockroach" is also called a "roach." "cockroach" 也可以說成 "roach"。	

approach [əˋprotʃ]	n. 接近；靠近；方法	
	v. 接近；靠近　　　　🔊 approach / approached / approached	
	The roach is approaching the coach. 那隻蟑螂正朝著那位教練靠近。	

唱 rap 說英文▶ **-ash** [æʃ]	**eyel**ash	**fl**ash	**mash**ed
	睫毛 n.	閃爍 v.	搗碎的 adj.
	ash	**tr**ash	**c**ash
	煙灰、灰塵 n.	垃圾 n.	現金 n.

故事聯想

這女孩有著長長的 **睫毛** ，眼光 **閃爍** ，
　　　　　　　　eyelash　　　　flash

竟把 **搗碎的** 馬鈴薯放在 **煙灰** 上，
　　mashed　　　　　　ash

看起來像 **垃圾** ，真是浪費 **錢** 。
　　　　trash　　　　　　cash

eyelash [ˋaɪ͵læʃ]	n. 睫毛
	Her eyelashes are long and beautiful. 她的睫毛長又美。

M
P
3

flash
[flæʃ]

v. 使閃光、使閃爍　　　🔊 flash / flashed / flashed
The car behind me flashed its lights at me because I was going too slowly.
我後面的那台車因為我開得太慢而向我閃大燈。

n. 手電筒、閃光
We should put a flashlight in the drawer in case there is a blackout.
我們應該要在抽屜裡放支手電筒，以備停電時可用。

mashed
[mæʃt]

adj. 搗碎的
Mashed potatoes taste good with gravy.
馬鈴薯泥加肉汁很好吃。

ash
[`æʃˌtre]

n. 煙灰
There is a heart-shaped ashtray.
桌上有個心型的菸灰缸。

trash
[træʃ]

n. 廢物、垃圾
Please throw the trash into the trash can.
請把垃圾丟入垃圾筒中。

cash
[kæʃ]

n. 現金、現款
Would you like to pay in cash or by credit card?
您要付現還是刷卡？

唱 rap 說英文 ▶	**wish**	**finish**	**dish**	**fish**
-ish [ɪʃ]	希望	結束	盤子	魚
	v.	v.	n.	n.

故事聯想

這隻貓 **希望** 能 **吃完**
　　　wish　　finish

在 **盤子** 裡的 **魚** 。
　　dish　　　fish

wish [wɪʃ]	v. 但願	變 wish / wished / wished
	I wish (that) I had never done such a stupid thing.	
	我要是沒做這樣的蠢事就好了。	
	n. 祝福、祈頌	
	She made three wishes on her birthday.	
	她在生日時許了三個願望。	

finish [ˈfɪnɪʃ]	v. 結束、完成	變 finish / finished / finished
	When will he finish his homework?	
	他何時會完成功課？	

dish [dɪʃ]	n. 碟、盤	
	Who is going to do the dishes tonight?	
	今晚是誰要洗碗？	

fish [fɪʃ]	n. 魚；魚類	
	We will have fish instead of beef for dinner.	
	我們晚餐要吃魚肉不吃牛肉。	
	v. 捕魚、釣魚	變 fish / fished / fished
	Let's go fishing.	
	我們釣魚去吧。	

唱 rap 說英文 ▶

-ush
[ʌʃ]

flush	brush	crush on
用水沖洗	刷	迷戀
v.	v.	n.
lush	**rush**	**blush**
醉漢	衝	臉紅
n.	v.	v.

故事聯想

沖完 馬桶，準備 **刷** 牙的時候， **迷戀** 我的
flush　　　　　 brush　　　　 crush on

醉漢 突然 **衝** 進來，害我 **臉紅** 了！
lush　　rush　　　　　 blush

M
P
3

flush
[flʌʃ]

v. 用水沖洗　　　　　　　　　　　　變 flush / flushed / flushed
In Singapore, if you do not flush the public toilets, you will get fined.
在新加坡，如果你使用完公共廁所後沒沖水，你將被罰款。

brush
[brʌʃ]

v. 刷（牙）、梳（頭髮）　　　　　　變 brush / brushed / brushed
Brush your teeth after meals.
餐後須刷牙。

crush
[krʌʃ]

v. 壓碎、壓壞；碾碎；榨　　　　　　變 crush / crushed / crushed
Crush all bottles and boxes before you put them in the trash can.
要把瓶子和盒子放進垃圾桶之前，全部要壓扁。

n. 迷戀
I have a crush on Josh.
我迷戀喬許。

lush
[lʌʃ]

n. 酒鬼；醉漢
I am sorry that his elder brother is a lush.
我很難過他的哥哥是個酒鬼。

rush
[rʌʃ]

v. 衝、奔、闖　　　　　　　　　　　變 rush / rushed / rushed
The wounded have been rushed to the hospital.
傷患已經被緊急送到醫院。

blush
[blʌʃ]

v.（因害羞、尷尬等而）臉紅　　　　變 blush / blushed / blushed
She blushed when she was asked to answer the question.
當她被要求回答這個問題時，她臉紅了。

Tip 7	哥哥和弟弟的說法

哥哥：older brother = elder brother
弟弟：younger brother

唱 rap 說英文 ▶ **-ath** [æθ]	**m**ath	**p**ath	**b**ath
	數學 n.	路徑 n.	澡堂 / 洗澡 n.

故事聯想

小明要去上 **數學** 課的 **路徑** 上，
　　　　　math　　　path

竟然偷跑去 **澡堂 洗澡** 。
　　　　　bath bath

math [mæθ]	n. 數學　　　　　　　　　　　　　　　　🔁 mathematics Math is my favorite subject. 數學是我最喜歡的科目。
path [pæθ]	n. 小徑、小路 We climbed over a small hill, walking along many narrow paths. 我們翻過一座小山，沿著許多狹窄的小道走。
bath [bæθ]	n. （一次）沐浴、洗澡 He took a bath before he went to bed. 他上床之前洗過澡。

 M P 3

唱 rap 說英文 ▶

-ight
[aɪt]

night	bright	light	flight
夜晚	明亮的	光	飛行
n.	adj.	n.	v.
frighten	**slight**	**nearsighted**	
嚇到	輕微的	近視的	
v.	adj.	adj.	

故事聯想

夜晚 有 明亮的　光　飛行 ，
night　bright　light flight

嚇到 了 輕微　近視的人　。
frighten　slight　nearsighted

night [naɪt]	n. 夜、晚上 Last night I went to the airport to pick up my friends. 昨晚我去機場接我的朋友。
bright [braɪt]	adj. 明亮的、發亮的、晴朗的 Her eyes are bright with joy. 她的眼睛閃著喜悅的光芒。
light [laɪt]	n. 光、光線、光亮 Please turn on the light, it is too dark. 這裡太暗了，請開燈。
flight [flaɪt]	n. 飛行 The flight was delayed because of snow. 班機因大雪而誤點。
frighten [ˈfraɪtn]	v. 使驚恐、使駭怕　　frighten / frightened / frightened The children were all frightened by the sight. 全部的小孩都被這情景給嚇壞了。
slight [slaɪt]	adj. 輕微的、微小的、少量的 He has a slight fever. 他有點兒發燒。

nearsighted
[`nɪr`saɪtɪd]

adj. 近視的、近視眼的
Nearsighted people usually wear glasses.
患近視的人一般都戴眼鏡。

唱 rap 說英文 ▶

-eigh
[e]

neighbor	freight	sleigh
鄰居	貨運	雪橇
n.	n.	n.
weigh	**eight**	**weight**
秤起來	八	重量
v.	n.	n.

故事聯想

鄰居 收到 貨運 送來的 雪橇，
neighbor　　freight　　　sleigh

秤起來 有 八 公斤的 重量 。
weigh　eight　　　weight

neighbor [`nebɚ]	n. 鄰居、鄰近的人(或物)、鄰國 Mexico and the United States are neighbors. 墨西哥和美國是鄰邦。
freight [fret]	n. 貨運 Freight rates these days are quite high. 近來的運費相當的高。
sleigh [sle]	n. (輕便)雪橇 I would love to go on a sleigh ride. 我喜歡玩雪橇。
weigh [we]	vt. 秤……的重量　　🔊 weigh / weighed / weighed How much do you weigh ? 你體重多少？

eight [et]	**n.** 八 One plus seven equals eight. 一加七等於八。
weight [wet]	**n.** 重量 The weight of the box is 5 kilograms. 這箱子重五公斤。

唱 rap 說英文 ▶ **-ook** [ʊk]	**cook**	**look**	**book**	**took**	**hook**
	廚師 / 烹調	看	書	拿	鉤子
	n. / v.	v.	n.	v.	n.

故事聯想

看看 這個 **廚師** ，一邊看 **書** ，
looked at   cook   book

一邊 **拿** 起 **鉤子** 準備 **烹調** 。
took   hook   cook

cook [kʊk]	**n.** 廚師 My father is a great cook. 我的父親是位偉大的廚師。
	v. 烹調、煮　　　　　　　　　🔊 cook / cooked / cooked They cooked the meat in the microwave oven. 他們在微波爐中煮肉。
look [lʊk]	**v.** 看 [(+at)]　　　　　　　　🔊 look / looked / looked You should look at the person's eyes when you are speaking to him. 和別人說話的時候要看著對方的眼睛。

book
[bʊk]

n. 書、書本、書籍；著作；報章雜誌
She has written several books on the subject.
她已經寫了幾本有關這方面題材的書了。

v. 預訂、預雇、預約　　　　book / booked / booked
He has booked a flight from Taiwan to Los Angeles.
他已經預訂了從台灣到洛杉磯的飛機。

took
[tʊk]

v. 拿；take 的過去式　　　　take / took / taken
She took a piece of paper and began to write a letter.
她拿了一張紙，開始寫起信來。

hook
[hʊk]

n. 鉤、掛鉤、(衣服的) 鉤扣
Would you please hang my coat on the hook?
請幫我把我的外套吊在掛鉤上好嗎？

唱 rap 說英文 ▶ **-ood** [ud]	**mood** 心情 n.	**food** 食物 n.

故事聯想

心情 不好，所以猛吃 食物 。
mood　　　　　　food

mood
[mud]

n. 心情、心境、情緒；心情不好、喜怒無常
I am not in the mood to go to the movies.
我沒有心情去看電影。
He is a man of moods.
他是一個喜怒無常的人。

food
[fud]

n. 食物、食品
I always want some food after swimming.
我在游完泳之後，總會想吃些食物。

唱 rap 說英文 ▶	noon	typhoon	soon	moon	spoon
-oon [un]	中午 n.	颱風 n.	很快地；不久地 adv.	月亮 n.	湯匙 n.

故事聯想

中午 時， 颱風 很快地
noon typhoon soon

就會把 月亮 吹到 湯匙 裡。
moon spoon

noon [nun]	n. 正午、中午 Will you be back by noon? 你中午前會回來嗎？
typhoon [taɪˋfun]	n. 颱風 We have to buy more food because a typhoon is coming. 我們必須要多買些食物，因為颱風快來了。
soon [sun]	adv. 很快的、不久的將來 We hope to see you soon. 我們希望很快就能見到你。
moon [mun]	n. 月球 There was a full moon last night. 昨晚滿月。
spoon [spun]	n. 湯匙 Add three spoons of salt into the soup, please. 請在湯裡加三匙鹽巴。

唱 rap 說英文 ▶	blue	glue	true	clue
-ue [u]	藍色的 adj.	膠水 n.	真正的 adj.	線索 n.

故事聯想

藍色 膠水 成了 真正 的破案 線索。
blue glue 　　　true 　　　 clue

blue [blu]	adj. 藍色的、天藍色的 The color "blue"stands for"sad". 藍色代表憂鬱。
glue [glu]	n. 膠、膠水、黏著劑 White glue is perfect to use on wood. 白膠很適合用在木頭上。
true [tru]	adj. 真實的、確實的 It is a true story, not what I made up. 這是真實的故事，不是我自己編造的。
clue [klu]	n. (解決疑案、問題等的) 線索、跡象、提示 I don't have a clue who he is. 他是誰，我一無所知。

M
P
3

唱 rap 說英文 ▶
-ruise
[ruz]

Tom Cruise	cruise	bruise
湯姆克魯斯	巡航	瘀青
n.	v.	n.

故事聯想

湯姆克魯斯 在 巡航 時，
Tom Cruise cruise

不小心撞到 瘀青 。
bruise

Tom Cruise
[tam kruz]

n. 湯姆克魯斯
Tom Cruise is a famous movie star.
湯姆克魯斯是位名影星。

cruise
[kruz]

v. (無目的地的) 巡航、航遊　　🔊 cruise / cruised / cruised
We went on a boat cruise along the coast.
我們搭著遊艇沿著海岸而行。

n. 巡航、航遊、巡邏
The liner is making a round-the-world cruise.
客輪正在做環球航行。

bruise
[bruz]

n. 傷痕、青腫；瘀青
He bumped into a desk and got a huge bruise.
他碰撞到桌子並且有很大的青腫。

唱 rap 說英文 ▶	group	soup
-oup [up]	一群 n.	湯 n.

故事聯想

這 **群** 人正在喝 **湯** 。
group　　　　soup

group [grup]	n. 群、組、類 I am joining a tour group. 我將要參加一個旅行團。
soup [sup]	n. 湯 Chicken soup is very healthy. 雞湯有益健康。

M
P
3

唱 rap 說英文 ▶	crew	screw	blew	flew
-ew [u]	一組工作人員 n.	螺絲 n.	吹 v.	飛 v.

故事聯想

這組工作人員 的 **螺絲**
　　crew　　　　screw

被風 **吹** 走，
　　blew

飛 了出去。
flew

crew [kru]	**n.** 一組 (或一隊等) 工作人員；一夥人 The crew consists of the pilot, the co-pilot, the flight attendants and so on. 全體機員由機長、副機長、空服員等所組成的。 The boys on that street are a rough crew. 那條街上的男孩是一群粗野的孩子。
screw [skru]	**n.** 螺釘、螺絲釘；螺栓、螺桿 Turn the screw to the left to loosen it. 將螺釘向左旋鬆。
blew [blu]	**v.** 吹、刮；blow 的過去式　　🔊 blow / blew / blown The strong wind blew strongly last night. 這強大的風昨晚很強烈地吹著。
flew [flu]	**v.** 飛；飛行；fly 的過去式　　🔊 fly / flew / flown He flew to Europe last night. 他昨晚去歐洲。

唱 rap 說英文 ▶

-ace
[es]

lace	place	face	pace	race	grace
蕾絲	擺放	臉蛋	步伐	競賽	優美
n.	v.	n.	n.	n.	n.

故事聯想

把 **蕾絲** **放** 在她的 **臉上** ，
　　lace　place　　　　face

她踏出 **步伐** 與人 **競賽** 的模樣，
　　　　pace　　　race

仍然顯出 **優美** 。
　　　　grace

lace
[les]

n. 花邊；金邊；飾帶；精細網織品
She wears a skirt with lace.
她穿著一條有蕾絲的裙子。

place
[ples]

v. 放置、安置；將……寄託於　　　🔊 place / placed / placed
After dinner, children placed the dishes in the sink.
餐後，孩子們把盤子放到水槽裡。

n. 地方
It's a good place for a date.
這裡真是約會的好地方。

face
[fes]

n. 臉、面孔
The camera loves her face.
她的臉蛋很上鏡。

pace
[pes]

n. 一步、步伐
There were two paces between Tom and me.
在我和湯姆之間只相距二步。

MP3

race
[res]

n. 賽跑；比賽、競賽
Horse races are very popular in Hong Kong.
賽馬在香港很熱門。

grace
[gres]

n. 優美、優雅
She set a lively pace with grace.
她優雅地踏著輕快的腳步。

唱 rap 說英文 ▶	mice	advice	spiced	nice	rice
-ice [aɪs]	老鼠 n.	勸告 n.	加香料的 adj.	好的 adj.	米 n.
	ice	**dice**	**price**	**twice**	
	冰 n.	骰子 n.	價格 n.	兩倍 adv.	

故事聯想

老鼠 不知民生疾苦，不聽 勸告 ，
mice   advice

竟然吃加香料的 好 米 又吃冰，
spiced nice rice   ice

整天玩 骰子 ，不知民生用品的 價格 漲了快 兩倍 ！
dice   price   twice

mice
[maɪs]

n. 鼠 　　　　　　　　　　　　　　　單 mouse 複 mice
Mice like to eat cheese.
老鼠喜歡吃起士。

advice
[ad`vaɪs]

n. 勸告、忠告
I want your advice, sir. I don't know what to do.
先生，我需要您的指點。我不知該怎麼辦才好。

spiced [spaɪst]	adj. 加香料的、調過味的 Spiced apple juice is called cider. 蘋果調味果汁叫西打。
nice [naɪs]	adj. 好的、美好的、宜人的、可愛的 It's a nice day. 天氣真好。
rice [raɪs]	n. 米 Most Asians live on rice. 大多數亞洲人以稻米為主食。
ice [aɪs]	n. 冰 The pond will soon turn to ice. 這個池塘很快就會結冰。
dice [daɪs]	n. 骰子 Dice is used to play Monopoly. 玩大富翁要用骰子。
price [praɪs]	n. 價格、價錢 Prices keep going up. 物價持續上漲。
twice [twaɪs]	adv. 兩次、兩回 He comes to work twice a week. 他每週來上兩次班。

MP3

唱 rap 說英文 ▶ **-ice** [ɪs]	**Al**ice 愛麗絲 n.	**not**ice 注意 / 公告 v. / n.	**off**ice 辦公室 n.	**pract**ice 實行、實踐 v.

故事聯想

愛麗絲 注意 到 辦公室 的 公告 ，
Alice   notice   office   notice

上級交待的必須**實踐（實行）**。
              practice

Alice [ˋælɪs]	n. 愛麗絲；女子名 Alice is the secretary in the office. 愛麗絲是辦公室的秘書。
notice [ˋnotɪs]	v. 注意、注意到 變 notice / noticed / noticed He didn't notice that I had entered the office. 他沒有看到我已經走進辦公室。 n. 公告、通知、貼示 The teacher put the notice on the door. 老師把公告張貼在門口。
office [ˋɔfɪs]	n. 辦公室 She is not an office lady, but a CEO. 她不是一位辦公小姐而是公司的執行長。
practice [ˋpræktɪs]	v. 實踐、實行 變 practice / practiced / practiced Practice what you preach. 以身作則（實踐你自己所宣揚的）。

唱 rap 說英文 ▶

-age
[edʒ]

page	**age**	**cage**	**st**age	**rage**
頁	年紀	籠子	舞台	盛怒
n.	n.	n.	n.	n.

故事聯想

在這 **頁** 裡，一隻上了 **年紀** 的獅子，
　　　page　　　　　　　　age

被關在 **籠子** 裡，放在 **舞台** 上，引起觀眾的 **盛怒**。
　　　 cage　　　　　 stage　　　　　　　　　rage

page [pedʒ]	n. (書之類的) 頁 Turn to page nine and do the exercises. 翻到第九頁並做上面的練習題。
age [edʒ]	n. 年齡 What's the age of that old castle? 那座古老的城堡有多久的歷史了？
cage [kedʒ]	n. 鳥籠、獸籠 The cage is too small for the big dog. 這個籠子對大狗來說太小了。
stage [stedʒ]	n. 舞臺 Some people are singing on the stage. 一些人正在舞台上唱歌。
rage [redʒ]	n. (一陣) 狂怒、盛怒 When Josh's wife shouted at him, he went purple with rage. 當喬許的老婆對他大叫，他憤怒得臉色發紫。

MP3

| 唱 rap 說英文 ▶
 -anger
 [endʒɚ] | **str**anger
 陌生人
 n. | **d**anger
 危險
 n. |

故事聯想

<u>陌生人</u> 很 **危險** 的。
stranger   danger

stranger
[`strendʒɚ]

n. 陌生人
Never get into a stranger's car.
千萬不要搭陌生人的車。

danger
[`dendʒɚ]

n. 危險
The patient's life is in danger.
那位病人命在旦夕。

Tip 8　-anger 的發音

anger n. 發怒、生氣：拼字上與上面這組字相同，但發音略為不同，anger 的 g 發 [g]，而 stranger 及 danger 的 g 發 [dʒ]。

唱 rap 說英文 ▶	oil	spoil	boil	soil	toil
-oil [ɔɪl]	石油 n.	寵愛 v.	煮沸 v.	泥土 n.	辛勞；苦幹 n. / v.

故事聯想

要不是**石油**能賺大錢，
oil

否則被**寵愛**的我才不會
spoil

在這幾乎快**煮沸**的**泥土**上
boil　　soil

辛勞的工作呢！
toil

oil [ɔɪl]	**n.** 石油、汽油 Vegetable oil is better than animal fat. 植物油比動物性油來得好。
spoil [spɔɪl]	**v.** 寵壞、溺愛　　　　　　🔊 spoil / spoiled / spoiled Spare the rod and spoil the child. 省了棍子，寵壞了孩子。（不打不成器）
boil [bɔɪl]	**v.** （水等）沸騰、開、滾　　🔊 boil / boiled / boiled You can not drink boiling water, it will burn you. 你不能喝滾水，會被燙到。
soil [sɔɪl]	**n.** 土、泥土、土壤 The rich soil is suitable for farming. 肥沃的土地適合耕種。

MP3

toil
[tɔɪl]

n. 辛苦、勞累

He slept very well after his hours of toil.
好幾個小時的勞苦之後,他睡得很沉。

v. 苦幹 🔊 toil / toiled / toiled

They toiled all day building the new bridge for the villagers.
他們整天辛苦地為村民築橋。

唱 **rap** 說英文 ▶

-oy
[ɔɪ]

Roy	**royal**	**coy**	**joy**
羅伊(男子名)	皇家的	害羞的	快樂
n.	adj.	adj.	n.
toy	**enjoy**	**loyal**	**soy**
玩具	欣賞	忠心的	醬油
n.	v.	adj.	n.

故事聯想

羅伊 出生在 **皇家** ,是個 **害羞的** **男孩** 。
Roy　　　　royal　　　　　coy　　boy

唯一的 **歡樂** 就是一邊玩 **玩具** ,
　　　　joy　　　　　　　toy

一邊 **欣賞** 他 **忠心的** 僕人喝 **醬油** 。
　　enjoy　　loyal　　　　soy

Roy
[rɔɪ]

n. 羅伊；男子名
Roy Rogers was a famous cowboy.
羅伊羅傑斯是個有名的牛仔。

royal
['rɔɪəl]

n. 王室成員
The royals will visit the town.
王室將拜訪這個鄉鎮。

adj. 王的、王室的
The royal family consists of the king and queen and their relatives.
王室家庭由國王、王后以及他們的親屬組成。

coy
[kɔɪ]

adj. 害羞的
Sueann is such a coy girl.
思恩是個很害羞的女孩。

joy
[dʒɔɪ]

n. 歡樂、高興
The new born baby boy brought all his family joy.
那個新生男嬰為他們家帶來喜悅歡樂。

toy
[tɔɪ]

n. 玩具、玩物
The boy's favorite toys are toy guns.
這男孩最喜愛的玩具是玩具槍。

enjoy
[ɪn'dʒɔɪ]

v. 欣賞、享受、喜愛　　　🔊 enjoy / enjoyed / enjoyed
I enjoyed reading these comic books very much.
我很喜歡看這些漫畫書。

loyal
[lɔɪəl]

adj. 忠心的
Josh is a loyal teacher.
賈西是個盡忠職守的老師。

soy
[sɔɪ]

n. 醬油 (= soy sauce)
Myra enjoys soy sauce.
麥瑞喜歡吃醬油。

MP3

唱 rap 說英文 ▶	louse	blouse	mouse	spouse	house
-ouse [aus]	蝨子 n.	上衣 n.	老鼠 n.	配偶 n.	房子 n.

故事聯想

蝨子 穿上漂亮的 **上衣** ，
louse   blouse

準備嫁給 **老鼠** ，
     mouse

當他的 **配偶** ，住進他的 **房子** 。
  spouse   house

---

louse
[laus]

n. 蝨子
A louse is an insect.
蝨子是一種昆蟲。

複 lice 蝨子（複數名詞）

blouse
[blaus]

n. （婦女，兒童等的）短上衣，短衫
The white blouse is in.
這種白色女上衣現在很流行。

mouse
[maus]

n. 鼠
The mouse loves cheese.
老鼠喜愛起士。

複 mice 鼠（複數名詞）

spouse
[spauz]

n. 配偶
Please fill in the blank with the job of your spouse.
請在空格裡填上你配偶的職業。

house
[haus]

n. 房子、住宅
They built a 2-story house by the lake.
他們在湖邊蓋了一間兩層樓高的房子。

唱 rap 說英文 ▶	our	flour	hour	sour
-our [aʊr]	我們的 pron.	麵粉 n.	小時 n.	酸 adj.

故事聯想

我們的 麵粉 放了幾 **小時** 後就變 **酸** 了。
our　flour　　　hour　　　sour

our [`aʊr]	**pron.** (we 的所有格) 我們的 **Our** country is a beautiful island in the Pacific Ocean. 我們的國家是位於太平洋上的一個美麗島嶼。
flour [flaʊr]	**n.** 麵粉；(任何穀類磨成的) 粉 **Flour** is used for baking cookies. 麵粉是用來烤餅乾的。
hour [aʊr]	**n.** 小時 It took us several **hours** to finish the job. 這項工作花了我們數小時才完成。
sour [`saʊr]	**adj.** 酸的、酸味的 This orange tastes very **sour**. 這個橘子吃起來很酸。

M
P
3

唱 rap 說英文 ▶	cloud	proud	loud
-oud [aʊd]	雲 n.	驕傲的 adj.	大聲的 adj.

故事聯想

這朵 **雲** **驕傲** 地
　　cloud proud

大聲 唱著歌。
loud

cloud [klaʊd]	**n.** 雲 All of a sudden, the sky was covered with dark clouds. 天空突然烏雲密佈。
proud [praʊd]	**adj.** 傲慢的、自負的 She is as proud as a peacock. 她驕傲得像隻孔雀。
loud [laʊd]	**adj.** 大聲的、響亮的 His parents always called him in a loud voice. 他的父母總是扯開嗓子地叫他。

唱 rap 說英文 ▶ **-ound** [aʊnd]	sound	hound	gound	around
	聲音 / 聽起來 n. / v.	獵犬 n.	地上 n.	到處地 adv.
	found	round	pound	
	發現 v.	圓形的 n.	隆隆地 / 英磅 v. / n.	

故事聯想

有一個 **聽起來** 很奇怪的 **聲音** ，
　　　 sound　　　　　　 sound

原來是 **獵犬** 在 **地上**　 **到處** **隆隆地** 跑，
　　　 hound　　 ground　around pound

找到 一袋 **圓形的** **英磅** 。
found　　　　 round　 pound

MP3

sound
[saʊnd]

v. 聽起來　　　　　　　　　　　　　　**變** sound / sounded / sounded
The story sounds creepy.
這個故事聽起來很恐怖。

n. 聲音、響聲；【物】聲
We heard a strange sound from the next room.
我們聽到隔壁房間傳來一個怪聲。

hound
[haʊnd]

n. 獵犬
The hound looks strong.
這隻獵犬看起來很壯。

ground
[graʊnd]

n. 地面
Don't drop your food onto the ground.
不要讓食物掉落地上。

around
[əˋraʊnd]

adv. 到處、四處
He drove me around when I felt bad.
他在我心情不好時開車載著我到處逛。

found
[faʊnd]

v. 找到；發現；find 的過去式　　　　**變** find / found / found
Go to the lost-and-found and you might find the umbrella you lost.
去失物招領處找找，也許找得到你不見的那把傘。

round
[raʊnd]

adj. 圓的、圓形的、球形的
The earth is round.
地球是圓的。

pound
[paʊnd]

n. 英鎊；磅
The grapes weigh 2 pounds.
這葡萄秤起來有兩磅重。
The gift for her cost 2 pounds.
買給她的禮物花了兩英鎊。

v. 隆隆地（跑、走、行駛）　　　　　　**變** pound / pounded / pounded
The truck was pounding through the silent street.
那輛卡車轟隆隆地駛過那條安靜的街。

唱 rap 說英文 ▶	wow	eyebrow	cow	now
-OW [aʊ]	哇 int.	眉毛 n.	母牛 n.	現在 adv.
	bow	**vow**	**how**	**plow**
	鞠躬行禮 v.	宣誓 v.	如何地 adv.	耕田 v.

故事聯想

<u>哇</u>！這隻有 **眉毛** 的 **母牛**，
Wow　　　eyebrow　cow

<u>現在</u> 竟然 **鞠躬行禮**
now　　　　　bow

宣示 地知道 **如何** 耕田 。
vow　　　　how plow

wow [waʊ]	int. 哇！噢！(表示驚訝、愉快、痛苦等的叫聲) **Wow**! What a wonderful view! 哇！這風景真美！
eyebrow [ˈaɪ͵braʊ]	n. 眉、眉毛 Her **eyebrows** are dark. 她的眉毛很濃。
cow [kaʊ]	n. 母牛、奶牛 Milk comes from **cows**. 牛奶是從母牛身上來的。
now [naʊ]	adv. 現在、目前、此刻 I used to live in Paris, but **now** I live in Taipei. 我過去住在巴黎，但現在住在臺北。
bow [baʊ]	v. 鞠躬 (或欠身) 表示　　　　　　bow / bowed / bowed The actor and the actress **bowed** their thanks. 男女演員向觀眾鞠躬致謝。

M
P
3

vow [vaʊ]	**v.** 鄭重宣誓　　　　　　　　　　　　　vow / vowed / vowed We vowed never to marry anyone else. 我們鄭重宣誓非君莫嫁非卿莫娶。
how [haʊ]	**adv.** (指方式、方法) 怎樣、怎麼 How did he learn to climb a tree? 他是怎麼學會爬樹的？
plow [plaʊ]	**v.** 犁、耕　　　　　　　　　　　　　plow / plowed / plowed The farmers used cows to plow their fields. 這些農民利用母牛來耕地。

唱 rap 說英文 ▶ **-own** [aʊn]	**downtown**	**crown**	**brown**	**gown**
	鬧區	皇冠	咖啡色的	長袍
	n.	n.	adj.	n.
	frown	**clown**	**drown**	
	皺眉	小丑	溺水	
	v.	n.	v.	

故事聯想

在 **鬧區** ，
　 downtown

有一個戴著 **皇冠** 、穿著**咖啡色**
　　　　　crown　　　　brown

長袍 、 **皺著眉頭** 的
gown　　　frown

小丑　**溺水** 了！
clown　drown

downtown [ˌdaʊnˈtaʊn]	**n.** **adv.** 城市商業區、鬧區 The downtown area has changed a lot. 市中心這一帶改變很多。 Let's go downtown! 我們去市中心吧！
crown [kraʊn]	**n.** 王冠 Kings and queens wear crowns. 國王和女王頭戴著王冠。
brown [braʊn]	**adj.** 褐色的、棕色的 Joe often wore a pair of brown shoes, when she met him. 當她剛認識喬時，他常穿著一雙褐色皮鞋。
gown [gaʊn]	**n.** 長禮服、長袍 The bride made her wedding gown herself. 新娘為自己做了件結婚禮服。
frown [fraʊn]	**v.** 皺眉；表示不滿　　　　　**變** frown / frowned / frowned He sat on the sofa frowning. 他皺著眉頭不滿地坐在沙發上。
clown [klaʊn]	**n.** (馬戲團等的) 小丑、丑角 The clown works in the circus. 小丑工作於馬戲團。
drown [draʊn]	**v.** 淹沒、淹死　　　　　**變** drown / drowned / drowned Without the lifeguard's help, the boy would have been drowned. 要是沒有救生員的幫忙，那位小男孩可能就淹死了。

MP3

唱 rap 說英文 ▶ **-all** [ɔl]	all	call	tall	ball	fall	small	wall
	全部的 adj.	叫 v.	高的 adj.	球 n.	掉落 v.	小的 adj.	牆 n.

故事聯想

全部的男孩想 **叫** 住這個 **高高** 又有兩顆 **球** 的女孩，
all　　　　　call　　　　tall　　　　ball

但她的兩顆 **球 掉** 了下來，胸部變得非常 **小** ，
　　　　　ball fall　　　　　　　　　　　small

扁平的像一面 **牆** 。
　　　　　　　wall

all
[ɔl]

n. 全部
John gave his all in the pursuit of freedom.
約翰為追求自由而獻出自己的一切。

adj. 全部的、所有的
Jeff ran out of all his money because of gambling.
傑夫因為賭博而輸光了他所有的錢。

call [kɔl]	**v.** 喊、呼叫　　　　　　　　　　　　　**變** call / called / called The house is on fire! Please call 119. 那房子著火了！請打 119 ！
tall [tɔl]	**adj.** 身材高的、高大的 Jordan is 194 centimeters tall. 喬登有一百九十四公分高。
ball [bɔl]	**n.** 球、球狀體 The boy is kicking a ball on the grass. 那個男孩正在草地上踢球。
fall [fɔl]	**n.** 落下、跌倒；秋天 Winter follows Fall. 秋天過了冬天就來了。 **v.** 掉落　　　　　　　　　　　　　　**變** fall / fell / fallen The fall from the building broke his leg. 他從建築物上掉下來，摔斷了腳。
small [smɔl]	**adj.** 小的 Put a small dot at the end of a sentence. 在句子結尾要加一小點。
wall [wɔl]	**n.** 牆 We painted the wall green. 我們把牆刷成綠色的。

Tip 9 　ball 的意思

ball **n.** 球：此處為了讓故事變成有趣、好記而已，否則女生的胸部叫做 breasts，而英文中 balls 常用在男性中表示「有種、大膽」。

He's got balls.（他真敢啊！），通常這用在男性之間，是非正式的口語用法。

M
P
3

唱 rap 說英文 ▶ **-alk** [ɔk]	**ch**alk 粉筆 n.	**t**alk 說話 v.	**w**alk 走路 v.

故事聯想

老師手握著 **粉筆** ，
chalk

一邊 **說話** ，一邊 **走著** 。
talk   walk

chalk [tʃɔk]
n. 粉筆
The marker has taken the place of chalk.
馬克筆現在已經取代了粉筆。

talk [tɔk]
v. 講話、談話、演講   🔊 talk / talked / talked
Can I talk with you for a minute?
我可以跟你談一下嗎？

n. 談話、交談
I had a talk with your parents.
我和你的父母談過。

walk [wɔk]
v. 走、散步   🔊 walk / walked / walked
Walk along the street and you won't miss the convience store.
沿著這街道走，你就會看到便利商店。

n. 散步
It is good for your health to take a walk after a meal.
飯後散步對你的健康會很有幫助的。

唱 rap 說英文 ▶	saw	jaw	paw	claw	raw	law
-aw [ɔ]	看見 v.	顎 n.	掌 n.	爪 n.	生的 adj.	法律 n.

故事聯想

<u>看見</u>動物的<u>下顎</u>、<u>掌</u>及<u>爪</u>都想<u>生</u>吃，
saw　　　jaw　paw　claw　　raw

可是<u>法律</u>不允許。
　　law

saw [sɔ]	**v.** 看見、看到；see 的過去式　　變 see / saw / seen We all saw him screaming with pain. 我們全部的人都看到他痛到大叫。
jaw [dʒɔ]	**n.** 顎、口部、嘴 The cat held a rat in its jaws. 貓的嘴裡咬著一隻老鼠。
paw [pɔ]	**n.** 腳爪、掌、（掌）腳印 These are the paw prints of a bear. 這些是熊的足跡。
claw [klɔ]	**n.** （動物的）爪、腳爪；（蟹，蝦等的）鉗、螯 After the eagle hovered a moment, it snatched the baby bird in its claws. 老鷹盤旋一會兒之後就用爪子抓起了這隻雛鳥。
raw [rɔ]	**adj.** 生的、未煮過的 It is dangerous to eat raw meat. 吃生的肉是很危險的。
law [lɔ]	**n.** 法、法律 That is against the law. 那是違法的。

MP3

唱 rap 說英文 ▶	**dawn**	**lawn**	**yawn**	**prawn**
-awn [ɔn]	清晨 n.	草坪 n.	呵欠 v.	明蝦 n.

故事聯想

清晨 時，在草坪一邊打著 呵欠，
dawn　　　　lawn　　　　yawn

一邊吃著 明蝦 。
　　　　prawn

dawn [dɔn]	n. 黎明、拂曉 He works hard from dawn to dusk. 他從早到晚努力地工作。
lawn [lɔn]	n. 草坪、草地 The lawn needs mowing. 草坪需要修剪了。
yawn [jɔn]	v. 呵欠　　　　　　　　　　　　　　變 yawn / yawned / yawned He yawned to show he was very bored. 他打呵欠以表示他很無聊。
	n. 無趣之事 The movie was one big yawn. 這部電影真是無趣。
prawn [prɔn]	n. 對蝦；蝦 The restaurant serves steaks and prawns. 這間餐廳有供應牛排跟明蝦。

唱 rap 說英文 ▶ **-aught** [ɔt]	**caught** 抓住 v.	**naughty** 頑皮的 adj.	**daughter** 女兒 n.	**taught** 教導 v.

故事聯想

媽媽 **抓住** **頑皮的** **女兒** ，
　　　caught　naughty　daughter

教導 她不要 **頑皮** 。
taught　　　　naughty

caught [kɔt]	**v.** 接住、逮住；catch 的過去式　　　⦿ catch / caught / caught The police man caught him stealing a car. 員警抓到他正在偷車。
naughty [`nɔtɪ]	**adj.** 頑皮的、淘氣的；撒野的 Naughty children should be punished. 調皮的小孩應該要處罰。
daughter [`dɔtɚ]	**n.** 女兒、養女、媳婦 She is my daughter- in-law. 她是我的媳婦。
taught [tɔt]	**v.** 教、訓練；teach 的過去式　　　⦿ teach / taught / taught Mr. William taught us German last semester. 上學期威廉先生教我們德文。

唱 rap 說英文 ▶	fought	ought to	thought
-ought [ɔt]	打架 v.	必須 aux.	想想 v.
	sought	**bought**	**brought**
	尋覓 v.	購買 v.	帶回來 v.

故事聯想

孩子們別再 **打架** ， **必須** **想想** 母親節快到了，
　　　　　fought　ought to　thought

應該去 **尋覓** 禮物 **買** 回來，
　　　　sought　　　bought

帶回來 給媽媽。
brought

fought [fɔt]	**v.** 打仗；打架；奮鬥；fight 的過去式　　　**變** fight / fought / fought **They fought against their enemy.** 他們與敵人作戰。
ought to [ɔt tu]	**aux.**（表示義務、責任等）應當、應該 **Students ought to study hard.** 學生應該努力用功。
thought [θɔt]	**v.** 想；think 的過去式　　　**變** think / thought / thought **We thought he was wrong.** 我們猜想應該是他錯了。
	n. 思想、想法 **He was so tired that he could not collect his thoughts.** 他太累了，以至於無法集中思想。

143

sought
[sɔt]

v. 尋找；追求；seek 的過去式　　　🔊 seek / sought / sought

Families in South Korea have long sought to be reunited with their relatives in North Korea.

許多南韓的家庭長久以來一直謀求能與北韓的親人重聚。

bought
[bɔt]

v. 買；buy 的過去式　　　🔊 buy / bought / bought

My boyfriend bought flowers for me on my birthday.

我男友在我生日送我花。

brought
[brɔt]

v. 帶來、拿來；bring 的過去式　　　🔊 bring / brought / brought

The waitress brought me a glass of water.

服務小姐給我送來一杯水。

唱 rap 說英文 ▶

-OSS
[ɔs]

boss	cross	moss	floss	toss	loss
老闆	橫越	青苔	牙線	拋出	損失
n.	v.	n.	n.	v.	n.

故事聯想

老闆　橫越 小溪時，因青苔 過多，
boss cross　　　　　　moss

把身上所有的 牙線　拋 出去，
　　　　　　floss toss

損失 可不小哦！
loss

boss [bɔs]	**n.** 老闆；上司；主人 Who is the boss of this company? 誰是這家公司的老闆？
cross [krɔs]	**v.** 越過、渡過　　　　　　　cross / crossed / crossed They crossed the river by boat. 他們乘舟渡河。
moss [mɔs]	**n.** 苔蘚 A rolling stone gathers no moss. 滾石不生苔。
floss [flɔs]	**n.** (潔齒用的) 牙線 After meals, you can use floss or tooth picks to remove any food between your teeth. 在飯後你可以使用牙線或牙籤來去除齒縫間的食物。
toss [tɔs]	**v.** 拋、扔、投　　　　　　　toss / tossed / tossed Jimmy tossed a coin to decide who would win the prize. 吉姆擲硬幣來決定誰能夠贏得獎品。
loss [lɔs]	**n.** 損失、虧損 The typhoon caused great losses to the farmers. 這個颱風造成農夫們不少的損失。

唱 rap 說英文 ▶	dark	park	spark	bark	shark	mark
-ark [ark]	黑暗的 adj.	公園 n.	火花 n.	狗吠 v.	鯊魚 n.	記號 n.

故事聯想

<u>黑暗的</u> <u>公園</u> 裡閃著 <u>火花</u> 。
dark　park　　　spark

想要去瞧一瞧，沒想到路上

被<u>狗吠</u>又被 <u>鯊魚</u> 咬，
bark　　shark

腳上留下一個 <u>記號</u> 。
　　　　　　　mark

dark [dark]	**adj.** 暗、黑暗的 It's getting dark. 天快黑了。
park [park]	**n.** 公園、遊樂場 There is a theme park, 5 miles away. 離這裡五英里之遠處有個主題公園。
spark [spark]	**n.** 火花、火星 A cigarette spark started the forest fire. 香菸的星火引起這場森林火災。
bark [bark]	**v.** (狗、狐) 吠叫　　🔊 bark / barked / barked Who are the dogs barking at? 狗在對誰叫？

MP3

shark ['ʃɑrk]	**n.** 鯊魚 He was killed by a shark. 他被一條鯊魚咬死的。
mark [mɑrk]	**n.** 記號、符號、標記 You can see the mark on his left arm. 你可以看到他的右手臂上有個記號。

唱 rap 說英文 ▶ **-art** [ɑrt]	**department store**	**start**	**part**
	百貨公司 ph.	開始 v.	部分 n.
	chart	**art**	**smart**
	圖表 n.	藝術品 n.	聰明的 adj.

故事聯想

在 **百貨公司** ，
department store

開始 將**部分**的 **圖表**
start   part   chart

弄得像**藝術品**一樣，
art

真是 **聰明** 。
smart

department store [dɪˋpɑrtmənt stor]	**ph.** 百貨公司 This is a 101-story department store. 這是一百零一層樓的百貨公司。
start [stɑrt]	**v.** 開始、著手　　　　　　start / started / started Summer vacation usually starts in early July. 暑假一般在七月初開始。
part [pɑrt]	**n.** 一部分、部分 Parts of the book are very exciting. 這本書有幾部分很刺激。
chart [tʃɑrt]	**n.** 圖、圖表；曲線圖 The chart showed the company's rapid growth in the past years. 圖表顯示了該公司過去這幾年的迅速發展。
art [ɑrt]	**n.** 藝術品、美術品 There will be an exhibition of African Art in the museum. 博物館將舉辦非洲美術展。
smart [smɑrt]	**adj.** 機警的、精明的 She is so smart that she can take good care of herself. 她很精明可以照顧自己。

唱 rap 說英文 ▶	**f**arm	**h**arm	**ch**arm**ing**	**arm**
-arm [ɑrm]	農場 n.	傷 v.	迷人的 adj.	手臂 n.

故事聯想

在 **農場** 不小心 **傷** 到
　　farm　　　　harm

迷人 的 **手臂**。
charming　arm

farm [fɑrm]	n. 農場、飼養場、畜牧場 The farmer works on his own farm. 那個農夫在他自己的農場工作。
harm [hɑrm]	v. 損害、傷害、危害　　　　　　　　🔊 harm / harmed / harmed Does this cleaning oil harm the furniture? 這種清潔劑會損傷傢俱嗎？
charming [ˋtʃɑrmɪŋ]	adj. 令人高興的；迷人的；有魅力的 She has a charming smile. 她有迷人笑容。
arm [ɑrm]	n. 手臂 The baby fell asleep in his mother's arms. 嬰兒在他母親的手臂裡睡著了。

149

唱 rap 說英文 ▶	guard	yard	hard	card
-ard [ɑrd]	警衛 n.	院子 n.	努力地 adv.	卡片 n.

故事聯想

<u>警衛</u> 在 <u>院子</u> 裡
guard　　yard

<u>努力</u>地做 <u>卡片</u>。
hard　　　card

guard [gɑrd]	**n.** 哨兵；衛兵；警備員 A guard was on duty in front of the door. 門口前有一位警衛在值班。
	v. 守衛、守護　　　　　　　　　　　**變** guard / guarded / guarded A dog guarded his house. 一隻狗守衛著他的房子。
yard [jɑrd]	**n.** 院子；天井；庭院 She raises chickens and ducks in the yard. 她在院子裡養雞和鴨。

M
P
3

hard
[hɑrd]

adv. 努力地、艱苦地
He tried hard, but failed.
他努力嘗試過，但未能成功。

adj. 硬的、堅固的
The ice is as hard as rock.
冰像石頭一樣硬。

card
[kɑrd]

n. 卡片、名片、請帖
May I leave my card for your manager?
我可以留個名片給你的經理嗎？

唱 rap 說英文 ▶	**th**irty	**d**irty
-irty [ɝtɪ]	三十 n.	髒兮兮 adj.

故事聯想

一個 **三十** 歲的人，
thirty

弄得全身**髒兮兮**。
dirty

thirty
[ˋθɝtɪ]

n. 三十；三十個

dirty
[ˋdɝtɪ]

adj. 髒的、污穢的
The mother scolded her 30-year-old boy for getting his clothes dirty.
這個媽媽因他三十歲的兒子弄髒了衣服而責罵他。

唱 rap 說英文 ▶	**g**i**rl**	**tw**i**rl**	**sw**i**rl**	**wh**i**rl**
-irl [ɝl]	女孩 n.	快速旋轉 v.	漩渦 n.	旋轉不停 v.

故事聯想

有個**女孩**掉入**快速旋轉**的**漩渦**，
　　　girl　　　　twirl　　swirl

一直**旋轉不停**。
　　whirl

girl [gɝl]	**n.** 姑娘、少女
twirl [twɝl]	**v.** 快速轉動；快速旋轉　　　🔊 twirl / twirled / twirled The girl was twirling around in front of the mirror. 這個女生在鏡子前面轉圈圈。
swirl [swɝl]	**n.** 渦流；漩渦；拳曲狀物 [(+of)] Swirls of thick smoke rose up into the sky. 盤旋的濃煙竄升到空中。
whirl [hwɝl]	**v.** 旋轉、迴旋　　　🔊 whirl / whirled / whirled The electric fan whirled all the paper in the classroom. 電扇將教室裡的所有紙張捲起。

nurse	**curse**	**purse**
護士	詛咒	皮包
n.	v.	n.

故事聯想

<u>護士</u> <u>詛咒</u> 把她 <u>皮包</u> 偷走的人。
nurse curse   purse

nurse
[nɝs]

n. 護士
The nurse took care of the patient.
這護士照顧這名病患。

curse
[kɝs]

v. 詛咒 　　　　　　　　　　　curse / cursed / cursed
The nurse cursed the one who stole her purse.
那個護士詛咒偷她錢包的人。

purse
[pɝs]

n. 錢包；(女用) 手提包
The nurse put her wallet in her purse.
那位女士將皮夾子放在手提包內。

唱 rap 說英文 ▶	fork	pork	cork
-ork [ɔrk]	叉子 n.	豬肉 n.	酒瓶木塞 n.

故事聯想

用**叉子**吃**豬肉**，再打開**酒瓶木塞**，
　fork　　pork　　　　　　cork

準備大快朵頤。

fork [fɔrk]	**n.** 餐叉 The Chinese use chopsticks instead of knives and forks. 中國人不用刀叉，用筷子。
	v. 分歧、分叉　　　　　　　　　🔊 fork / forked / forked The river forks three miles down. 這條河在下游三英里處岔流。
pork [pɔrk]	**n.** 豬肉 I am going to order a pork chop. 我要點豬排。
cork [kɔrk]	**n.** 軟木瓶塞 We can not wait to open the cork. 我們等不及要打開酒瓶。
	v. 用軟木塞塞住 [(+up)]　　　　　🔊 cork / corked / corked Cork up a bottle. 用軟木塞塞住瓶子。

唱 **rap** 說英文 ▶	**t**orch	**sc**orch	**p**orch
-orch [ɔrtʃ]	火把 n.	烤焦 v.	門廊 n.

故事聯想

火把 烤焦 了 **門廊** 。
torch scorch porch

torch [tɔrtʃ]	**n.** 火炬、火把 People used torches instead of lamps. 人們用火把取代燈。
scorch [sɔrtʃ]	**v.** 把……燒焦、把……烤焦　　　🔄 scorch / scorched / scorched He accidentally scorched the skirt while ironing. 他在用熨斗時,不小心把襯衫燙焦了。
	n. 燒焦;焦痕 I could not wash away the mark of the scorch. 我洗不掉這焦痕。
porch [pɔrtʃ]	**n.** 門廊;入口處 The tenant waited in the porch until the landlady showed up. 房客在門廊等待直到房東太太的出現。

唱 rap 說英文 ▶

-orn
[ɔrn]

born	corner	corn	horn	torn
出生	角落	玉米	喇叭	被撕裂的
v.	n.	n.	n.	adj.

故事聯想

出生在 角落 賣玉米的家庭，
born corner corn

常常被經過的車子按喇叭，心裡感到被撕裂的感覺。
　　　　　　horn　　　　　　　torn

born [bɔrn]	v. 生 (小孩)；支持、承受　　　🔊 bear / bore / born Melody was born in America. 美樂蒂生於美國。
corner [`kɔrnɚ]	n. 角；街角 The corn-stand sits around the corner of the shopping mall. 這個玉米攤位於購物中心的角落。
corn [kɔrn]	n. 玉米 Corn is a delicious vegetable. 玉米是很好吃的蔬菜。
horn [hɔrn]	n. 警笛、喇叭 A car passed him at full speed, sounding its horn. 那輛車鳴著喇叭，全速從他身邊駛過。
torn [tɔrn]	v. 撕裂　　　🔊 tear / tore / torn The sign has been torn off. 這個招牌已經被拆掉了。 adj. 撕破的 The jacket is torn in the back. 這件夾克的後面已經破了。

MP3

唱 rap 說英文 ▶ **-are** [ɛr]	care	parent	stare
	擔心 v.	雙親 n.	凝視 v.
	share	square	fare
	分攤 v. / n.	廣場 n.	車費 n.

故事聯想

我**擔心**我的 **雙親** 會**盯著**我，
　　care　　parents　stare

要我 **分擔** 去 **廣場** 的**車費**。
　　share　　square　　fare

care [kɛr]

v. 擔心；在乎、介意　　　　　🔊 care / cared / cared
I don't care if my parents will share the fare to the square.
我不在乎我父母是否會跟我分攤到廣場的車費。

parent [`pɛrənt]

n. 雙親
Parents want to visit the school.
父母去學校參觀。

stare [stɛr]

v. 盯、凝視　　　　　🔊 stare / stared / stared
He stared at the beautiful young lady.
他盯著美麗的年輕小姐。

share [ʃɛr]

v. 分攤　　　　　🔊 share / shared / shared
Susan will share her story with the class.
蘇珊將分享故事給班上的人。

n. 一份（分攤的一份）
I have done my share of the work.
我已經做了我份內的工作。

square [skwɛr]	n. (方形)廣場 People like to feed pigeons in the square. 人們喜歡在廣場餵鴿子。
	adj. 正方形的 The shape of the swimming pool is square. 這個游泳池的形狀是正方形的。
fare [fɛr]	n. (交通工具的)票價、車(船) She can not afford the bus fare to the square. 她負擔不起到廣場的公車票價。

唱 rap 說英文 ▶

-ear [ɪr]

year	ear	hear	gear	fear
年	耳朵	聽見	齒輪	害怕
n.	v.	v.	n.	n.
tear	**n**ear	**d**ear	**sh**ear	
眼淚	靠近的	親愛的	修剪	
n.	adj.	adj.	v.	

故事聯想

有一 **年** ，
　　year

我的 **耳朵** **聽到** 像 **齒輪** 的聲音，
　　 ear　 hear　　 gear

讓我 **害怕** 到流下 **眼淚** ，
　　 fear　　　　 tear

再 **靠近** 一點才知道那原來是
　 near

我 **親愛的** 在 **修剪** 胸毛。
　 dear　　 shear

M
P
3

year
[jɪr]

n. 年、一年
I haven't seen him this year.
我今年還沒見過他。

ear
[ɪr]

n. 耳
My ear aches today.
今天我耳朵痛。

hear
[hɪr]

v. 聽見、聽
Can you hear me?
你聽得到我嗎?

🔊 hear / heard / heard

gear
[gɪr]

n. 齒輪;傳動裝置;(汽車)排擋
This car has four gears.
這輛車有四個排擋。

fear
[fɪr]

n. 害怕、恐懼
There is no fear that he will dump me.
我並不擔心他會拋棄我。

tear
[tɪr]

n. 眼淚、淚珠
The hot tears welled up in our eyes.
我們熱淚盈眶。

v. 撕開、撕裂;扯破、劃破
She tore the letter into tiny pieces.
她把信撕得粉碎。

🔊 tear / tore / torn

near
[nɪr]

adj. 近的
The bank is quite near.
銀行很近。

adv. 近、接近
He lives quite near.
他住得很近。

dear
[dɪr]

adj. 親愛的、可愛的
My dear daughter is ten years old now.
我可愛的女兒現在十歲。

shear
[ʃɪr]

v. 修剪
The gardeners shear the plants every two weeks.
園丁們每隔二週修剪花草。

唱 rap 說英文 ▶	yearn	learn	earn	heard
-ear-	渴望	學習	賺	聽說
[ɝ]	v.	v.	v.	v.
	earth	**s**earch	**pe**arl	
	土地	搜尋	珍珠	
	n.	v.	n.	

故事聯想

我 **渴望** **學習** 如何 **賺錢**，
　 yearn　learn　　　earn

之前 **聽說** 　早 一點起床，
　　　 heard early

在 **土地** 上 **搜尋** **珍珠** ，
　　 earth　 search pearl

就可以 **賺** 大錢。
　　　 earn

MP3

yearn
[jɜn]

v. 思念、渴望、嚮往　　　　　　　　　yearn / yearned / yearned

He yearned to see his wife after a long leave.
長久離家，他期盼見到他的太太。

learn
[lɜn]

v. 學習、學會　　　　　　learn / learned,learnt / learned,learnt

He has learned how to deal with difficult situations.
他學會了如何處理困難的問題。

earn
[ɜn]

v. 賺得、掙得　　　　　　　　　　　earn / earned / earned

How much do you earn a month?
你一個月賺多少錢？

heard
[hɜd]

v. 聽到；hear 的過去式及過去分詞　　　　hear / heard / heard

I heard a woman crying.
我聽到一個女人在哭。

earth
[ɜθ]

n. (常大寫) 土、地球

We must take care of Mother Earth.
我們要好好照顧我們的大地之母。

search
[sɜtʃ]

v. 搜查；搜尋　　　　　　　search / searched / searched

He searched every room in the house.
他搜查了這房子的每一個房間。

n. 搜查、搜尋

They made a long search for the lost child.
他們花很長時間尋找失蹤的孩子。

pearl
[pɜl]

n. 珍珠

The necklace is made of natural pearls.
這項鍊是用天然珍珠做成的。

唱 rap 說英文 ▶ **-ture** [tʃɚ]	**lec**ture	**na**ture	**pic**ture	**adven**ture
	一堂課	大自然	照片	探險
	n.	n.	n.	n. / v.
	future	**furni**ture	**cul**ture	**fea**ture
	將來	傢俱	文化	特色
	n.	n.	n.	n.

故事聯想

在 **一堂課** ，老師給我們看一張美麗 **大自然** 的 **照片** ，
　　lecture　　　　　　　　　　　　nature　　picture

分享有關他的 **探險故事** ，我希望不久的 **將來** ，
　　　　　　adventure　　　　　　　　future

就算賣掉所有 **傢俱** 也要去 **探險** ，
　　　　　　furniture　　　　adventure

去了解它的 **文化** 及 **特色** 。
　　　　　culture　feature

MP3

lecture
['lɛktʃɚ]

n. 授課;演講
Professor Lee delivered a 2-hour lecture.
李教授做了兩個小時的學術講演。

nature
['netʃɚ]

n. (常大寫)自然、自然界
She has a beautiful voice by nature.
她天生有美麗的歌喉。

n. 種類;類別
Things of that nature do not interest me.
我對那種事物不感興趣。

picture
['pɪktʃɚ]

n. 畫、畫像、圖片、照片
I had a picture taken with the President this morning.
今天上午我跟總統拍了張照。

adventure
[əd`vɛntʃɚ]

n. 冒險
Hiking through the jungle was an adventure.
在原始林健行是一項冒險。

v. 冒險去做;使冒險　adventure / adventured / adventured
No one would adventure it.　沒人會冒這個險。

future
['fjutʃɚ]

n. 未來、將來
He is going to be a professor in the near future.
在不久的將來他就是教授了。

furniture
['fɝnɪtʃɚ]

n. 傢俱
Some costly articles of furniture were lost.
有幾件昂貴的藝術傢俱丟失了。

culture
['kʌltʃɚ]

n. 文化
Customs are different from culture to culture.
習俗因文化而異。

feature
[fitʃɚ]

n. 特徵、特色
The feature of the town is its history.
這小鎮特色在於它的歷史。

v. 以……為特色、以……為特徵　feature / featured / featured
This film features the breath-taking scenery of New Zealand.
這部電影以紐西蘭令人屏息的風景為賣點。

國家圖書館出版品預行編目（CIP）資料

單字音律記憶術【暢銷修訂版】：用RAP節奏口訣,記住一串串單字/曾利
娟作. -- 三版. -- 臺中市：晨星出版有限公司, 2024.01
　168面；16.5 × 22.5公分. --（語言學習；42）
　ISBN　978-626-320-737-0（平裝）

　1.CST: 英語　2.CST: 詞彙

805.12　　　　　　　　　　　　　　　　　　　　　　　　　112020597

語言學習 42

單字音律記憶術【暢銷修訂版】
用RAP節奏口訣，記住一串串單字

作者	曾利娟 Melody
繪者	腐貓君
編輯	劉宜珍、林千裕、余順琪
編輯助理	林吟築
錄音	曾利娟、Myra G Humphrey
封面設計	耶麗米工作室
美術編輯	陳佩幸

創辦人	陳銘民
發行所	晨星出版有限公司 407台中市西屯區工業30路1號1樓 TEL：04-23595820　FAX：04-23550581 E-mail：service-taipei@morningstar.com.tw http://star.morningstar.com.tw 行政院新聞局局版台業字第2500號
法律顧問	陳思成律師
初版	西元2008年03月30日
三版	西元2024年01月15日

線上讀者回函

讀者服務專線	TEL：02-23672044／04-23595819#212
讀者傳真專線	FAX：02-23635741／04-23595493
讀者專用信箱	service@morningstar.com.tw
網路書店	http://www.morningstar.com.tw
郵政畫撥	15060393（知己圖書股份有限公司）
印刷	上好印刷股份有限公司

定價 300 元
（如書籍有缺頁或破損，請寄回更換）
ISBN：978-626-320-737-0

圖片來源：shutterstock.com

Published by Morning Star Publishing Inc.
Printed in Taiwan All rights reserved.

─── | 最新、最快、最實用的第一手資訊都在這裡 | ───